Mengzhiwan

U0840675

「陈寂平安顺遂，遇难成祥。
林大师保佑你」

幸好，她没有被他看见。
可他们之间的距离，就这样被一阵风吹远了。

少年就像苍白世界里的一个彩色发光体，
散发着灼热的温度，让她忍不住想要去触碰和靠近。

花火
魅丽文化
花火工作室

开口即失声

孟栀晚 著

江苏凤凰文艺出版社
JIANGSU PHOENIX LITERATURE AND ART PUBLISHING

图书在版编目（CIP）数据

开口即失声 / 孟栀晚著. -- 南京：江苏凤凰文艺出版社，2024.4
ISBN 978-7-5594-8598-4

Ⅰ.①开… Ⅱ.①孟… Ⅲ.①长篇小说－中国－当代 Ⅳ.① I247.5

中国国家版本馆 CIP 数据核字 (2024) 第 076945 号

开口即失声

孟栀晚 著

出版统筹 曾英姿
责任编辑 周颖若
特约编辑 朵 爷 虫 虫
封面插图 萤林儿
封面设计 殷 舍
出版发行 江苏凤凰文艺出版社
南京市中央路 165 号，邮编：210009
网 址 http://www.jswenyi.com
印 刷 湖南天闻新华印务有限公司
开 本 880mm × 1230mm 1/32
印 张 8
字 数 190 千字
版 次 2024 年 4 月第 1 版
印 次 2024 年 4 月第 1 次印刷
书 号 ISBN 978-7-5594-8598-4
定 价 45.00 元

目　录

CONTENTS

第一章
她知道他是林惊野

陈寂一直无法说清林惊野究竟是以怎样的身份存在于她的生命之中的。

如果有人非要问她和林惊野有什么关系的话，她想告诉那个人，林惊野，是她爱了很久很久的人。

但是，如果这句话传到林惊野的耳朵里，他一定会觉得匪夷所思，并且一脸茫然地问传话的人：“陈寂是谁？”

事实上，陈寂和林惊野是相识的，也短暂地相处过。

可惜这件事，只有陈寂自己知道。

没有其他人注意过。

而林惊野说，他不记得了。

故事开始于一个燥热的夏天，陈寂 15 岁那年的夏天。

那天，她独自乘坐大巴车去市里的实验中学参加中学生学科竞赛，因为来得早，又对这所学校很好奇，所以她在校园里逛了逛，走进没有安排考场的文科楼里。

周末的教学楼内寂静无声，她站在空荡荡的一楼大厅，手里拿着装有考试文具的透明文件袋，目光落在走廊里排列整齐的班牌上。

“野哥，快点儿！”突然，说话声伴着一阵极快的脚步声从身后响起。

陈寂猝不及防，被从身侧跑过的人撞了一下肩膀，随即她手里的文件袋啪的一声摔落在地上。

撞到她的男生停步，皱着眉，不耐烦地回头看了她一眼，而后转过头继续往前跑。

陈寂微微拧了拧眉，低下头，俯身去捡地上的文件袋，却有另一道男声从她的身后传到耳畔。

“撞了人不会道歉啊！”说话的人语气很冲，明显带着脾气。

少年走到她身前，弯腰帮她把文件袋捡起来，递给她。

“没事吧？”少年的语气换了，是温和的。

陈寂抬起头，一眼就看清了少年隐匿在午后光影中清秀俊朗的五官。少年的脸上涂满了各色的颜料，她却依然能在颜料缝隙中看出他的皮肤很白。

那是一种不同于常人的、干净而略显脆弱的白。

“我刚才表演了节目。”注意到她愣怔的表情，林惊野以为是自己脸上的妆吓到了她，忙用手去挡自己的脸，却发现挡不住，于是伸出手掌，隔着一点儿距离挡在了她的眼前。

“你别怕。”他说着，笑了起来。

陈寂也跟着笑了，弯起眼睛对他说：“没事，我不怕。”随后她接过他手中的文件袋说道，“谢谢学长。”

“不客气。”他接着说，“竞赛考场在实验楼，出门右转，就在这栋楼的旁边。”

“好，谢谢学长。”陈寂再次礼貌地道谢。

林惊野笑了笑，没再说什么，双手插进校服口袋，转身离开。

一下午的考试时间飞驰而过。

晚上，陈寂坐在回县城的大巴车上，望着窗外快速倒退的模糊街景静静出神。她脑海中忽然浮现出今天中午林惊野和她说话时的模样。

她知道他是林惊野。

市实验中学的“校草”林惊野，高一文科班考试成绩总是名列前三的林惊野，市实验中学新任校长的外甥林惊野。

在她的班级里，一直流传着许多关于市实验中学历届“校花”“校草”的传闻。

比如2013级的“校草”林惊野，其行为乖张，喜欢在学校里搞“特权”，出了名的脾气差、不好惹。

但今天她所见到的林惊野，好像和传闻中不太一样……

陈寂轻轻抬起手，手心朝内，隔着一段距离挡在自己的眼睛前面，随后嘴角不自觉地向上扬起。

很温柔的男孩子——这是陈寂对林惊野的第一印象。

虽然在未来的许多年里，当陈寂用“温柔”这个词向别人描述林惊野时，对方总是会满脸写着不相信，皱着眉问：“真的？”

陈寂则每回都诚恳地点头：“他对待很多人很温柔。”

而曾经的她，也只不过是有幸被他温柔相待的很多人之中的一个。

陈寂回到家时，将近晚上九点。刚打开门锁走进房门，她就听见她的表妹陈芷婷在卧室打电话的声音——

“我不管！我就要去市实验中学借读！

“凭什么陈寂能去我不能去？

“我没她成绩好？是，我是没她优秀，但我没她那么自私！”

“你别以为我不知道，姥姥都告诉我了，陈安就是被她害死的！她嫉妒我舅舅和舅妈对陈安比对她好，就故意喂他吃容易呛到的东西，结果陈安才被呛死了。

“那是她的亲弟弟，她怎么能那么坏？我舅妈倒是精明，出事之后立马和有钱人跑了，把陈寂留给我舅舅，留给咱们家，让咱们养着这么个杀人凶手！

“妈，你能别提她了吗？一想到她干过的那些事，我就觉得恶心！”

陈芷婷的说话声戛然而止，电话被啪的一声挂断。

陈寂捏紧手里的书包带，推门走进卧室，坐到自己的书桌前。

陈芷婷因为父母都在B市打工，所以从小就和姥姥，也就是陈寂的奶奶一起生活。

而陈寂的爸爸在离婚后被调到了外地工作，于是陈寂和陈芷婷一起住在了这里。

因为房间不够，所以她们两个人只能睡同一间卧室的上下床。

陈芷婷一直认为是陈寂害死了陈安，甚至所有人都这样认为。可那天的真实情况是，因为陈寂的妈妈疏忽大意陈安被呛到，为了推卸责任，在陈寂的爸爸和奶奶听到动静闯进门后，陈寂的妈妈竟对他们说，这是陈寂干的。

陈安最终抢救无效，永远地离开了他们。陈寂的妈妈借此执意和丈夫离婚，之后拖着行李箱离开了。

陈寂的奶奶指着陈寂的鼻子骂：“该离开的不是他们，一直都应该是你！”

她早晚会离开的。

其实，就像这个家里的其他人都不喜欢她一样，她也并不喜欢这个家里的其他人。

考上市实验中学，是她逃离计划的第一步。

陈芷婷瞥了陈寂一眼，冷着脸趿拉着拖鞋走到房间门口，关了灯，然后爬上了床。

陈寂没有理会她，默默按亮了自己桌上的插电小台灯，然后小心地从书包里把笔袋和一沓试卷掏了出来。她把试卷轻轻地铺在桌面上，埋头做题。

偶尔中性笔滑过纸面发出极低的声音，微不可闻，却还是顺理成章地成为陈芷婷情绪爆发的出口。

“你还让不让人睡觉了？！”陈芷婷一把掀开被子，从床上坐起来怒吼道。

陈芷婷的吼声尖锐刺耳，陈寂的耳朵被震得嗡鸣。但她没理陈芷婷，轻轻放下手里的笔，然后埋头继续看试卷。

“我告诉你，你不可能考得上市实验中学，别做梦了！”陈芷婷瞪着她说。

陈寂微微一笑，转头礼貌地回敬道：“我也把这句话送给你。”

陈芷婷被噎得说不出话，翻了个白眼，转过身闷头躺下。

陈寂继续低头做题，没过多久，就听见陈芷婷熟睡的鼾声在背后响了起来。

她缓缓放下笔，耳边回响起陈芷婷刚说完的那句气急败坏的话。

考上市实验中学，真的是她在做梦吗？

就像今天，她不仅真的走进了市实验中学，还在这所中学参加了竞赛，也像做了场梦一样。

她忽然想到什么，弯下腰按亮电脑主机箱的按钮，把眼前的台式电脑开了机。然后，她点开常用的浏览器，在某知名贴吧的搜索栏里输入“Y 市实验中学”这几个字，按下了搜索键。

很快，市实验中学贴吧的页面弹了出来，回复数量最多的热帖被置顶了，标题是“近五年历届‘校草’人气排行榜”。

陈寂点进这条帖子，看到了在评论区被置顶的照片，上面是一个穿着浅蓝色球衣的少年在篮球场上投篮的身影。

往下看，第二张照片上是一个身穿黑色 T 恤衫的男生倚在走廊窗前漫不经心地等人的侧影，窗户对面的班牌是“高一（16）班”。

陈寂不动声色地向下滑动着鼠标，在看到第三张照片时，没忍住，不小心笑出了声。和前两张照片不同，这张照片的主人脸上涂满了颜料，无可奈何地转头看向镜头，表情和动作都滑稽得不行。

这张照片下的评论区十分热闹。

“发这张图的匿名用户是谁啊？太好笑了。”

“野哥正在提刀赶来的路上……”

一个昵称为“L”的网友回复：“林惊野本人巨帅，谢谢。”

紧接着，他发了一张又一张照片。

陈寂被逗笑了，眼睛凑近电脑显示屏，仔细地去观察每一张照片上少年的模样。

少年很高，照片上的他穿的都是红、黄之类的颜色鲜艳的衣服。他五官精致，瞳仁颜色很深，脸色却异常地白。

她点进“L”的个人主页，无数条帖子映入她的眼帘。

“校园里的猫全是我养的，每一只都有名字，谁欺负了我的猫，我一定不会放过他！欢迎大家随时向我举报，奖励丰厚。

“高一（7）班的男生，大扫除时间不好好打扫，居然跑去打球，球技差不说，还让你们班女生干活儿，脸呢？”

…………

浏览完全部帖子后，陈寂关掉电脑，重新翻开了试卷。

市实验中学这所学校于她而言，好像不再仅仅意味着逃离，而是有某种更加奇特的魔力在吸引着她。

林惊野——她在心里默念这个名字。

彼时的陈寂还不知道，少年的名字就此闯入了她的心间，被她小心翼翼地呵护、珍藏，持续至未来十几年。

第二天一早，陈寂和奶奶，还有陈芷婷，一起在餐厅吃早饭。

“马上要中考了，最近学习太累，可不能再挑食了，得多吃点儿肉补充营养。”奶奶一边从盘子里挑了块冒着油的红烧肉夹给陈芷婷，一边絮絮叨叨地嘱咐。

“别给我夹，我不要！”陈芷婷嫌弃地看着碗里的肉，撇嘴道，“我可不想变得和陈寂一样胖！”

她把肉扔回盘子里，抬起头不满地质问：“你怎么不给她夹啊？就知道给我夹！”

“你这孩子，分不清好歹是不是？”奶奶气坏了，厉声嗔怪道。

陈寂一言不发，只当作什么都没听见，垂着头默默吃饭。

“你爸说你下周中考，想请假回来陪你考试，我没答应。”奶奶突然瞥了陈寂一眼，耷拉着嘴角冷淡地说道，“考个试有什么好陪的！请假不耽误赚钱啊？”

“供你吃、喝、上学还不够，还得陪着你考试，没见过这么惯孩子的！”

“就是！”陈芷婷立即附和道，“而且她和我舅舅不亲啊！每年我舅舅过年回来，也没见她主动和我舅舅说过一句话。”

“下次你爸回来，你主动问问他工作忙不忙，什么时候走。”奶奶说，“这些话都不会说吗？”

“知道了。”陈寂拿起碗筷，起身走向厨房，“我吃饱了，去上学了。”

“才吃几口，你就吃饱了？”奶奶瞪着她问。

“你总说人家，人家翻脸了呗！”陈芷婷耸耸肩。

“我养着她，说几句还不让了？不愿意让我养，找她妈去，看她妈养她吗？”

陈寂迅速洗完碗筷后，回到卧室拿上书包就推门而出，把刺耳吵闹的声音隔绝在厚重的门板之后。

陈寂的校园生活平静、单调，像波澜不惊的湖面——没有石子投进去，自然也产生不了任何涟漪。

雷打不动的第一名，寡言孤僻的古怪性格，陈芷婷故意散播的关于她的风言风语……这些因素无形之间构筑成一道坚固的屏障，将她和其他人隔绝在了不同的世界里。

鲜少有人和她亲近，他们更喜欢远远地打量她，议论她，带着说不清道不明的不满与敌意。

时间久了，陈寂渐渐习惯了寂寞孤单，也习惯了把自己和同龄女生同样拥有的隐秘心绪藏匿在心底，不让任何人捕捉到丝毫的痕迹。

没有人会想到，像她这样呆板寡淡的人也会有少女心事，也会因为某个人的出现，而让自己平静无波的内心泛起点点涟漪。

考前复习的日子像被按下加速键，很快就中考了。

考试的当天早上，陈寂收拾好考试用具，准时出发，来到考点参加考试。到了考生进考场的时间，操场上原本排着长队等待的考生纷纷迫不及待地拼命往教学楼里挤。陈寂被人群推着往前走，在上楼梯的时候，突然有人在她身后猛地撞了一下，她猝不及防，摔倒在地，膝盖磕在了楼梯间水泥地上的不锈钢门吸上，瞬间渗出了血。

眼看就要开考，陈寂无暇顾及腿上的伤，忍着痛一瘸一拐地走进了考场。

两天的考试时间飞逝而过，考完最后一科后，陈寂拖着疲惫不堪的身体回到家里，几乎忘记自己腿上受伤的事。

可没过几天，她突然开始发起高烧，连烧几天不退，吃了退烧药也无济于事。她烧得头昏脑涨，忍着浑身的酸痛，独自去了附近的诊所。诊所的医生很快就注意到她腿上的伤口，猜测是伤口感染引起的发烧，于是马上对伤口做了简单的处理，又给她开了一些药带回家。好在用了药后，陈寂当天就退了烧，伤口也慢慢好转。

时光匆匆，公布中考成绩的日子很快到了。当晚，陈寂就查到了自己的分数。她发挥得还不错，总成绩排名全市第三，被市实验中学录取是板上钉钉的事。

而陈芷婷的分数只超出县里普通高中的投档线几分，远达不到市实验中学招收借读生的分数要求。她哭哭啼啼地和自己的妈妈打了整晚的电话。

躺在床上的陈寂虽然被吵得彻夜睡不着，心里却终究是满足而欢喜的，像是溺在水中的人终于浮上水面透了口气，抬眼便能望见太阳。

陈寂睁眼到天亮。天色破晓，刺眼的阳光射进窗内，她的眼睛突然剧烈地疼痛起来。镜子里，她的角膜通红，像是充了血。陈寂以为是自己昨晚没睡好造成的，并没怎么在意。

然而这样的疼痛持续了整整一周，且痛感日益强烈，陈寂的一双眼睛变得红肿不堪，视线也渐渐变得有些模糊。她这才意识到病情的严重，打车去县医院，挂了眼科门诊的号。门诊医生诊断她得了角膜炎，给她开了两瓶眼药水，让她回家每天按时滴。

陈寂连续滴了两周的眼药水，眼睛的症状不但没有任何缓解，反而越来越严重。

“我想去市里的医院看一下眼睛。”陈寂对奶奶说。

“去市里？县医院的医生不都说了是小毛病吗？还去市里看什么！就是天天看书看的，养养不就行了？”

“我想去市里看。”陈寂说，“我自己去，您给我钱就行。”

陈寂态度坚决，奶奶终于妥协了：“邻居李婶儿的闺女在市里的一家私立医院上班，我给她打个电话，你明天去她们医院找她，让她带你去看。”

陈寂是独自坐大巴车去市里的私立医院的。

医院人很多，门诊大厅里，灯光朦胧，人影憧憧。

陈寂拿着在导诊台填的挂号单去挂号窗口排队缴费，然后乘扶梯来到了四楼的眼科诊室外。

出诊的医生主治儿科眼病，诊室门口堵满了带着孩子等待叫号的家长。陈寂站在队伍最后面，周围护士维持秩序的声音和家长们大嗓门儿的询问声吵嚷震耳，让她的太阳穴一跳一跳地疼，眼睛也越来越刺痛。

“陈寂是吧？”一个穿白大褂的护士突然走到她身侧，瞥了她一眼问道。

陈寂猜测她应该就是李婶儿的女儿，于是点了点头，说：“嗯，姐姐，我是陈寂。”

“知道了。你奶奶让我来陪你看病。”护士的语气冷淡。

“谢谢姐姐。”陈寂礼貌地向她道谢。注意到对方掏出手机低头看了起来，没有看自己，陈寂便没再继续说什么。

漫长的等待过后，叫号机的语音广播终于响起她的名字，通知她可以进入诊室就诊了。

陈寂吃力地穿过密密麻麻的人群，艰难地挤进了诊室里。

“叫什么名字？”医生是个五十多岁的中年男人。

“陈寂。”

“坐到这儿来。”医生起身，让她坐在旁边放着一台小机器的桌子前。

“下巴放在上面。”

机器上有个小托槽，陈寂听医生的话，把下巴抵在了托槽上。

“转一下眼珠。”医生又说。

陈寂想转动眼珠，却发现眼珠是僵硬的，当她想要看向两侧时，眼睛就会剧烈地疼。

“转眼珠！听不明白话吗？”医生拧眉冲她喊道。

“医生，我转不动，转了会疼。”陈寂解释道。

医生沉默了片刻，从小桌子前起身，问和她一起进来的护士：“你是家属？”

护士姐姐应了一声。

“让她去做个CT检查看看情况，然后去办住院。”

陈寂闻言，有些心慌，忙起身问：“医生，CT检查是看什么的？我只是眼睛有问题，也需要住院吗？”

“不做CT检查怎么知道里面长没长东西啊？”医生很不耐烦，把病历本递给了护士姐姐。

长东西……陈寂心里“咯噔”一下。

从小到大，除了感冒发烧，她还没有生过别的病。她所理解的“长东西”是指她得的可能是需要开刀动手术的那种病，是治不好的那种病。

护士姐姐隔着拥挤的人群喊了她一声，把她带了出去。

“姐姐，我这个病……很严重吗？”她喉咙干涩，轻声询问。

“我怎么知道？我又不是这个科室的。”护士姐姐头也没回。

“那我们现在去做CT检查吗？”

“先交费，交完费你自己去做，我还有工作呢，没空陪你。”

闻言，陈寂沉默了下来。

根据CT检查报告单上的结果，医生诊断陈寂的眼睛得了眼眶蜂窝组织炎。这个病虽然不需要开刀动手术，却仍旧需要住院观察，进行系统的保守治疗，治疗方式是每天打针输入含有激素成分的消炎药物，治疗周期为一周左右。医生开完诊断单后，护士姐姐带她去住院楼办理了住院手续。

医院床位紧张，眼科病房目前找不到空的床位。于是，陈寂被安排到了心内科一间空着的双人病房内。上一个病患刚出院不久，这才腾出了床位。而这个病房中的另一个病患在当天凌晨因心脏病突发，抢救无效而去世。

深夜，陈寂独自躺在潮湿闷热的病房里，眼泪顺着脸颊一滴滴滑落下来，不知不觉间洇湿了枕巾。

那个蝉鸣声聒噪的夏天，本该是她最幸运的一个夏天。

那个夏天，她以全市第三名的中考成绩考上了市实验中学。

可是那个夏天，她也真的好难过。

好难过，陌生城市的空旷病房里，只有她一个人。

“你真要住这儿啊，野哥？听说你睡的那张床上昨天刚死过人。”

“你问问看，医院的哪张床上没死过人？我要晒太阳，之前那间一点儿光都见不着，被子都快发霉了。”

“行，那您慢慢收拾，我先撤了。”

…………

次日清早，陈寂洗漱完毕后站在病房门口，在男生走出来时刻意避开了眼神接触。她心跳加快，双手不自觉地握紧，掌心渗出了汗。

她无论如何也想不到，林惊野竟然也在这里住院，而且要和她住同一间病房！

她该怎么办？要去问护士姐姐今天其他病房有没有空出床位来，然后请求对方给自己换一间吗？

她的视线不受控制地落在病房内少年清瘦挺拔的背影上，没办法移开。

她的心情微妙而复杂，有点儿怕，但好像……又有点儿期待。

她的内心深处突然萌生了一股想要试着和他相处的冲动。这股冲动很强烈，强烈到让她即便心跳如擂鼓，也很想继续住在这间病房里。

去接近他，去了解他。

陈寂用力深呼吸，努力让自己的心情尽快平复下来。然后她屏息凝神，放轻步子缓缓走进了病房。

幸好两张病床之间有帘子隔着，林惊野看不到她，她也只能看见他躬身整理床铺时轻微晃动的背影。

陈寂松了口气，拘谨地在病床上坐了下来。谁知她刚拿起床头柜上的矿泉水送到嘴边，眼前的帘子就被拉开了。

林惊野抬眼认真地打量她。

陈寂和他离得很近，让她觉得自己仿佛一下跌进了他的眼睛里。她浑身一僵，呼吸滞住，而后捂住嘴剧烈地咳了起来，一口水呛在了气管里。

“我们是不是见过？”等她停下来，林惊野才眨巴着眼睛好奇地问。

陈寂正想提起他们的初遇，忽然又听见他说：“想起来了。你今年中考考了全市第三名，我在校刊采访上看到过你的照片。”

陈寂没再说话，眉眼温和，回以淡淡的微笑。

“对了，你叫什么名字？我不记得了。”他问。

“陈寂。”她认真地回答他。

“陈寂。”少年念了一遍她的名字，笑了起来，“好，我记住了。我也是市实验中学的，开学后读高二。”

“学长好。”陈寂礼貌地打招呼。

“不用叫我学长，我早上学一年，咱俩同岁，你直接喊我的名字就行了。”少年又说道，“对了，忘记和你说我的名字了，我叫林惊野。”

“嗯。”陈寂努力寒暄，以示亲切，“我在学校经常听说你，你很有名。”

“你都听说过我什么？”林惊野忽然笑了，眼眸清亮，饶有兴致地问道。

“很多……”陈寂话还没说完，就被推着治疗车走进来的护士开口打断了。

“陈寂，打针了。”

陈寂闻言，连忙侧过身，乖乖地把一只手臂抬了起来。

护士给陈寂的手腕绑上止血带，回头瞥了眼林惊野，说道：“哟，真换到这间来了。”

林惊野嘚瑟地抬了抬下巴。

“向聪那么黏你，你就这么狠心地把他抛弃了？”护士摇头叹了口气，“他今晚回来肯定得找我闹，没准到时候都得在这个房间加张床。”

“也不是不行。”林惊野随口说道。

“得了吧，你俩只一个就够闹腾了，人家小姑娘眼睛发炎，得保证充足的休息。把你们俩放一起，还让不让人家睡觉了？”说完，护士又转头问陈寂，“他之前住的那间病房有张空床，你想搬过去吗？”

说话间，护士把针头扎进陈寂手背的皮肤里。陈寂一顿，感觉到手背上轻微的刺痛后，立刻摇了摇头。

“就我那间破病房谁愿意住啊？姐，你还真好意思问。”林惊野毫不客气地拆台。

护士被他惹怒了，拿起托盘里的针头作势要扎他，他连忙向后一躲。

“我隔两个小时来给她换一次药，要是发现你乱跑，我马上申请给你换病房！”护士警告他。

“隔两个小时换一次药？”林惊野皱着眉问道。

“她这个病就得这么打点滴，每瓶药打完得等待半小时，才能换下一瓶，有问题吗？”

林惊野盯着陈寂手背上的留置针，无奈地耸了耸肩：“没问题。”

护士离开病房后，林惊野靠在床头，随意翻看着手边的一本课外书。过了一会儿，他又从枕头下面摸出两颗糖，一颗他撕开包装纸后放进了自己嘴里，另一颗则扔进了陈寂的怀里。

那是一颗草莓牛奶味的“阿尔卑斯”糖。

陈寂垂眸，怔怔地看着怀里的糖，正想向林惊野道谢，就听见对方先开口了。

“不用谢。跟我同病房的人，每天都有糖吃。”林惊野头都没抬，语气轻松地说。

陈寂笑了，看着他懒洋洋地靠在床头晒太阳，一边含着嘴里的糖，一边用手去翻闲书，神情悠闲得不像是来住院，倒像是来度假的。

他真的生病了吗？

她有点儿不敢相信，哪有人生病会是这样的？

林惊野似乎发现了陈寂一直盯着自己看，突然抬头看了她一眼。

陈寂全身一紧，这才意识到就这样坐在人家对面盯着人家看，实在有些尴尬，于是决定把输液架挪到床头的位置，让自己也靠在床头。

她起身用没有扎针的那只手去够输液架，只是轻轻挪动了一下，架子底端就和地面猛烈地摩擦，发出了刺耳的声响，挂在架子顶上的输液瓶随即一阵摇晃。

下一秒，林惊野抬起头，问道："需要帮忙吗？"

陈寂摇摇头，本能地拒绝了他。

林惊野闻言，也没坚持，继续低头看书。

陈寂稍稍吐出一口气，然后费力地挪动输液架，谁知一下没使上力，眼看着输液瓶就要掉下来——

林惊野见状，连忙起身下床，眼明手快地将输液瓶稳稳扶住，不料却不小心崴到了脚，他不禁低低地哼了一声。

"我就不应该问你。"林惊野帮她将输液架固定好后，伸手揉了下脚踝，低声抱怨道。

陈寂闻言，眼睫毛颤了颤，想到他是为了帮自己才崴了脚，一句"对不起"正要脱口而出，就又听见他说："直接帮你不就好了，问你干吗？"

陈寂愣愣地看着他。

"不用客气，这屋就咱俩，以后互相帮助。等下次我找你帮忙的时候，你别拒绝我就行。"林惊野笑眯眯地说。

陈寂也不禁笑了起来，点了点头说："一定。"

陈寂每天需要输四瓶药水，因为医院的患者太多，护士忙不过来，于是特意提醒她输完药后自己按铃。然而今天在输到第四瓶药水的时候，陈寂迷迷糊糊地睡着了，等她睁眼醒来后，发现手上只剩下留置针了。

她旁边的床位是空的，只有一本摊开的政治书和一张写了一半的高一政治试卷。

傍晚时分，夕阳余晖浸透窗纱，洁白的床铺被洒上了细碎的金色光影。忽然一阵风吹过，床上的试卷被吹起，轻飘飘地落到了地上。

陈寂起身下床，弯下腰把试卷捡了起来。卷面上沾了些许灰尘，她捧起试卷轻轻地吹了吹。

试卷左上方的姓名栏内，“林惊野”三个大字如行云流水，是黑色的行楷，笔迹潇洒飘逸。

这时，护士推门进来换药，问陈寂：“醒了？”

“嗯。”陈寂站起来，把手里的试卷放回到林惊野的床上，特意用政治书将它压住。

“输个液都能睡着，不是提醒你记得按铃吗？对自己的事这么不上心。”护士嗔怪道。

陈寂抬头问她：“姐姐，你是怎么知道我什么时候需要封针的？”

“林惊野出去的时候和我说的，让我十分钟之后帮你封针。”

原来如此。

陈寂微微垂下头，心中涌上了一股暖流。

“他去哪儿了？”她紧接着问。

“说是去楼下散步了。”

“姐姐，我能问一下，他得的是什么病吗？”她犹豫了一下，问道。

护士笑着问她：“你是不是看他不像有病的样子？”

陈寂诚实地点了点头。

“他有心脏病，先天的，手术都做了好几次了。”

先天性心脏病！

陈寂大脑倏地一片空白。即便她早就注意到他白得略显异常的脸色，今天早上在病房看见他时，她隐约猜到了他可能得了这方面的病，但她从来没有将这么严重的病和他联系在一起过。

怎么会呢？

他这么张扬的一个人，开朗、阳光，自在洒脱，让人丝毫捕捉不到生病的人通常会表现出的难过和脆弱。

而且，这一整天的时间里，没有一个人来这间病房看过他。

一个人都没有。

陈寂心里忽然有点儿发酸，咬了咬唇，犹豫着问护士："那……他的父母没有来陪他吗？我看他一直是一个人。"

"他父母离婚早，都在国外呢，这次是他姨妈来给他办的住院。"护士说道，又笑着看着她，"你不也是一个人吗？正好，你陪陪他，也让他陪陪你。"

第二章 愿他今晚有个甜甜的梦

陈寂吃完晚饭后，特意去住院部楼下走了走，并没有看到林惊野的身影。

无意间，她走到了一楼小超市的门口，脚步不自觉地停住。她买了一条“阿尔卑斯”糖塞进外套口袋里。

摸着口袋里的糖，刚走到病房门口，陈寂就看见一个胖胖的小男孩儿正坐在她的床位上打游戏。她放在床上的东西全都不见了，整张床铺上堆满了小男孩儿的东西。

小男孩儿注意到她，眼皮一抬又垂下：“和你换张床，你的东西在出门右拐的第一个房间。”

陈寂嘴唇动了动，刚要开口说“我不换”，就听见一道凌厉的声音在自己身后响起：“把你的东西清走，再把这张床上原来的东西原封不动地放回来，快点儿！”

林惊野正站在她身后。

“不要！”小男孩儿把游戏机往床上一扔。

林惊野叉着胳膊盯着他看，眼神里满含威胁和警告。

小男孩儿噘起了嘴巴：“那你今晚去陪我住。”

“你如果不把东西换回来，就别想了。”林惊野寸步不让。

小男孩儿气呼呼地跳下床，瞪了陈寂一眼，朝门口走了过来。只不过他刚走到陈寂面前，就被林惊野伸手拦下了。

“等等。”

“又要做什么？”小男孩儿有些不耐烦。

“先道歉。”林惊野说。

“对不起，阿姨——”小男孩儿故意拖着长音道。

林惊野被气笑了，伸手去捏他的耳朵：“你叫谁阿姨呢？叫姐姐！”

“姐姐。”小男孩儿朝陈寂吐了下舌头就往外跑，还不小心撞了她一下。她没站稳，身子往后一倒，不小心撞到了林惊野。

“没事吧？”林惊野稳稳地扶住了她。

“没事。”陈寂脸颊很烫，仓促地说道。

陈寂走进病房，想坐到自己的床上，却发现小男孩儿堆放的东西实在太多，根本坐不下，索性伸手去整理。

“让他自己收拾。”林惊野坐在床上，仰头喝了口水，然后对她说，“你可以先坐我的床。”

陈寂缩回手，说道：“没事，我站一会儿。”

林惊野极为自然地把小男孩儿扔在陈寂床上的游戏机拿过来玩，小男孩儿把东西搬走后，站在林惊野的床边说：“我收拾完了，咱们走吧。”

“我答应你了吗？”林惊野抬起头，无赖地反问道。

“你？！”小男孩儿被气得说不出话。

“你什么你！”林惊野笑了，“等着，玩完这局就走。”

林惊野左手打着游戏，右手往枕头下摸了摸，抬头问小男孩儿：“我的糖呢？你全吃了？”

小男孩儿诚实地点头。

“行！”林惊野咬牙切齿道，“今晚游戏机归我了。”

陈寂犹豫了一下，鼓起勇气从口袋里把刚买的“阿尔卑斯”糖摸了出来，递给他：“你要吃糖吗？我刚买的。”

“哇，草莓味的！”小男孩儿迅速把糖从陈寂手里抢了过去，撕开包装纸给自己拿了一颗，又递了一颗给林惊野。

“谢了。”林惊野接过糖，对陈寂笑了笑，然后把糖放进嘴里，起身下了床。

他低头收拾着床上的东西，忽地转头对她说：“他明天有检查，说一个人住害怕，我去陪他一晚，明晚就回来。”

陈寂低低地“嗯”了一声。

“这间病房白天能晒太阳，晚上又凉快，真的特别好。”他嘴角扬起，看着她认真地说道，“所以，不用怕。”

“嗯，好……”陈寂微微垂下头，只觉得心里酸酸的，痒痒的，有点儿发烫。

他怎么知道她会害怕呢？因为害怕一个人待在这间病房里，昨天，她难过地流了一整晚的眼泪。

可今晚，她不会再害怕了。

因为他说，这里阳光很好，也很凉快。

因为他安慰她说，不用怕。

林惊野继续低头收拾，再次直起身子时，顺手把小男孩儿抓在手里的糖抢了过来，责备道："还不把剩下的糖还给姐姐！"

"没事，你们吃吧，我不吃。"陈寂连忙摆手道。

"个人经验证明——"林惊野把手里的糖轻轻地放在陈寂的掌心，笑容明朗，"人在难受的时候嘴里含着糖，心里能好受点儿。你明天打针的时候可以试试。"林惊野说完这句话便转身离开了。

陈寂怔怔地看着他塞到自己手里的糖，过了一会儿，她才眨了眨眼睛，缓缓扬起嘴角，随后把它们小心翼翼地装进了自己的外套口袋里。

仲夏蝉鸣的夜晚，窗外凉风习习，颗颗星子在墨色夜空闪烁。

一天之内，发生了太多事，陈寂的脑子很乱。明明昨晚她还把枕巾哭得湿透，今天她就被一个意料之外的闯入者抚平了伤心的情绪。

林惊野——陈寂再次在心里默念他的名字。心中勾勒出的他的轮廓，好像更加清晰了一点儿。

原来真实生活中的他，并不像传闻中那么不好惹，那么凶，那么难以接近。

他其实真的很好。

他很成熟，但有时候也有一点点幼稚。他偶尔霸道，但会把握好分寸。他是个很乐观的人，浑身上下充满着强大的生命力，炽热得像太阳。他明明孤身一人，没有人陪伴他，也没有人照顾他，可他并不在乎，反而愿意去陪伴和照顾需要他的人……

陈寂枕着胳膊侧过身，伸手悄悄地拉开了隔在两张床铺之间的帘子，目光柔和地望向对面空空的床铺。

月色如薄纱，穿过枝丫倾泻而下，静谧地笼罩在平整洁白的床铺上。

一阵清风拂过，床上放着的几本课外书被轻轻吹动，发出了“唰唰”的响声。

这些课外书是他带过来的。

这张床是他睡的。

陈寂忽然想到什么，迅速爬下床穿上了拖鞋，把外套口袋里剩下的“阿尔卑斯”糖拿了出来，撕开包装袋，然后把里面的糖全部放在了他的枕头下面。

做完这些，她站在床边，静静地望着那柔软的枕头——枕头下面铺满了糖果。

陈寂嘴角微扬，清澈的眼睛里装满了笑意。

晚安，林惊野，今夜好梦。她在心里轻轻地对他说。

希望梦里的你健康快乐，有家人和朋友陪在身边，不会感觉身体不舒服，也不会感到孤单。

她在他的枕头下面放了那么多糖，今晚，他一定会拥有一个甜甜的梦吧！

翌日清晨，陈寂起床后，去医院附近的蛋糕店买了一个生日蛋糕和一罐糖。今天是安安的生忌，她打算在下午打完针后，带着蛋糕和糖果去城郊的墓园看望安安。

陈寂把东西放在病房的床头柜上，离开病房去外面的洗手间上厕所。可等她上完厕所回到病房后，却发现柜子上的蛋糕和糖都不见了。

陈寂猜想可能是被哪个顽皮的孩子拿走了，于是出门去找，结果一眼就望见走廊尽头的楼梯间里，向聪，也就是昨天占了她床位的小男孩儿，正抱着她买的糖和几个小孩儿追逐打闹。有一个小男孩儿抢走了向聪手里的糖罐，向聪一边喊着要对方把糖还给他，一边费力地追赶对方。

陈寂走过去，想要拿回自己的糖，但她很快注意到向聪开始喘不过气，于是，她连忙飞奔过去，大声提醒他别再继续跑了。

陈寂刚赶到楼梯间，就看到向聪抢回了糖罐，然后拼命把糖往嘴里塞。之前抢糖罐的小男孩儿突然勒住了向聪的脖子，向聪脸色一变，一颗糖卡在了喉咙里。

“向聪！”陈寂连忙冲上去，俯身，一边从背后抱住他的腹部，一手握拳，一边用力向上按压，“张开嘴！吐出来！”

“聪聪！”一个女人突然出现，疯了一样将陈寂狠狠推到了地上。

陈寂摔倒在地，后脑勺撞上了身后的墙壁，剧痛迅速蔓延，接着一阵眩晕袭来。

她眼里噙了泪光，却仍然忍痛站了起来，再次冲过去从背后抱住向聪的腹部，一边按压一边大声说：“快咳！”

“你离我的孩子远点儿！”女人的指甲划过陈寂的手臂，留下一道道刺目的划痕。

陈寂却像感觉不到疼一样，继续抱住向聪，用力按压他的腹部，终于叮的一声，那颗卡在他喉咙里的糖被吐了出来。

“怎么了？”护士听见动静，匆匆赶了过来。和护士一起赶过来的，还有林惊野。

护士向女人询问情况，女人说，是陈寂私自给向聪喂了东西，这才导致向聪被卡住了。

思绪被拉回到几年前，眼前的一幕仿佛情景重现。陈寂心中酸涩，轻轻抿了抿嘴角，露出了无奈的苦笑。

“不是的，我妈妈撒谎！”向聪喊道，“是我自己拿了陈寂姐姐的东西。”

“有人在我吃糖的时候勒我的脖子，我才被卡住喉咙的。是陈寂姐姐救了我。”

陈寂怔怔地看着眼前的向聪，眼睛一阵发酸，视线变得有些模糊。明明刚刚被冤枉的时候，她一点儿都不想哭。

“你乱说什么！”女人厉声呵斥向聪，转头对护士说，“小孩儿说话不算数。我亲眼看到的，就是她拿东西喂我儿子吃，我儿子的喉咙才被卡住的。”

护士面露难色，林惊野突然在一旁开口提议：“要不然调一下监控看看？”

“算了。”女人闻言，嘴角抖了抖，拽起向聪的胳膊匆匆离开了，“我不计较了。”

陈寂跟在护士身后往病房走，抬手轻轻揉了下后脑勺。这一幕被林惊野敏锐地捕捉到了。

“头怎么了？”他问。

“没事，刚刚被推倒，不小心撞到了墙上。”陈寂说。

“还疼吗？疼的话，带你去拍个片。”护士转头问她。

陈寂摇了摇头：“不用了。”

“那是他后妈，一直那个德行，以前也经常莫名其妙地找我们的碴儿，你别跟她一般见识。”护士走到处置室门口，停下脚步，“我去拿药，你俩先回病房。”

“刚刚到底是怎么回事？”林惊野在陈寂身侧，边走边问她。

“今天是我弟弟的生忌，我弟弟他……去世了。我买了蛋糕和糖，打算去看看他，没想到在上洗手间的时候，东西被向聪拿走了。后来我去电梯间找他，看到他被糖卡住了喉咙，所以才……”

林惊野点点头，看向她：“我陪你去向聪的病房取一下蛋糕吧。”

陈寂一愣，本想拒绝他，说自己一个人去就行了，又想到向聪的继母也在病房里，于是点头同意了。

他们一起走到了向聪的病房门口，林惊野靠在门边等她，陈寂则径直走到向聪病床前，把桌子上的蛋糕拎了起来，然后转身走到林惊野面前，说：“咱们走吧。”

“等一下。”林惊野说着，突然直起身朝向聪的继母走了过去。

陈寂一时没反应过来，怔怔地转过头，下意识地跟上了他的脚步。

“您是觉得刚才那事儿就这么过去了？”他冷冷地开口道。

“你什么意思？”女人一脸警惕地看着他问。

“没什么意思，就是觉得，您得向她道个歉。”

“你需要我向你道歉吗？”女人冷冷地看了陈寂一眼，不屑地问道。

陈寂顿了顿，注意到林惊野向她递过来的眼神，心中莫名生出了一些底气。她坦荡地和女人对视，大声说：“需要。”

林惊野抱着双臂轻轻笑了一下。

“抱歉，我不该推你，也不该冤枉你。”女人不情不愿地向她道歉，“还有，谢谢你救了聪聪。”

“这事儿怪我，我昨天答应了向聪给他买蛋糕吃。他肯定以为是我买的，才把你的蛋糕拿走了。”病房里，护士给陈寂打完针后，林惊野带着歉意向陈寂解释道。

“没事的。”陈寂说。

“今天是你弟弟的冥诞？”他问。

“嗯。”

“打完针去看他？”

陈寂点了点头，问：“你知道从这里到城郊墓园的路怎么走吗？”

“知道。”林惊野说，“我陪你一起去吧，正好我也想出去走一走。”

陈寂微微一愣，回答道：“好。”

下午陈寂输完液后，林惊野先陪她去蛋糕店重新买了一罐糖，又买了一些新鲜水果，然后两人一起乘公交车来到了城郊的墓园。

陈寂站在安安的墓碑前，拿出纸巾将贡盘上的灰尘仔细地擦拭干净，放上新买的水果，然后把蛋糕取出来放在贡盘上，又细致地数出了要用到的蜡烛，把它们小心翼翼地插在了蛋糕上。

不远处正在扫墓的一对夫妇神色悲伤，正双双抱着身前的墓碑声嘶力竭地高声哭喊。

陈寂忽然想起来，以前每次奶奶和陈芷婷来的时候也是这样。她们会竭力哭喊，对陈安说“是你姐对不起你”，然后让她给陈安磕头道歉，要她大声哭。

可是不知道为什么，奶奶和陈芷婷越是让她哭，她越是掉不出一滴眼泪。一次又一次，她渐渐养成了习惯，以至于每次她单独来的时候也会沉默，也会流不出眼泪。

她突然想，此时此刻的林惊野会怎么看待她这个人？她明明口口声声说要来看望自己的弟弟，如今来了，却一句话都不对弟弟说，连一滴眼泪都没有流。

他会不会也和她们一样，觉得她很冷血？

陈寂忽然产生了想向他解释点儿什么的冲动，却终究不知道该如何解释。

不该让他陪自己来的。陈寂心中懊悔。

突然，空中洒下雨点，陈寂蹲在地上，把之前摆放在墓碑前的贡品全部收拾起来，起身对林惊野说："我去扔一下垃圾。"

林惊野"嗯"了一声。

陈寂扔完垃圾回来时，刚才的那对夫妇已经离开了。青灰色的天空下，细雨绵绵如丝，为空旷寂静的墓园平添了几分凄清。隔着短短的距离，她看见林惊野站立在陈安的墓碑前，垂着眼睛笑着对他说话。

他说——

"生日快乐。

"还有，你姐很爱你。"

陈寂感觉鼻尖倏地一酸，眼眶里瞬间盈满的泪水模糊了她的视线。

发现林惊野侧头朝她看了过来，陈寂连忙用手背擦了把脸，并捂住了眼睛。泪水淌过掌心，她用力抹了抹眼角，然后挤出了一个礼貌的微笑，强压住哽咽对他说："咱们走吧。"

夜里，熄了灯的病房内，月光如水，四下无声。

护士敲了敲病房门，然后推门走进来说："林惊野，明早要做胃镜检查，记得提前八小时禁食禁水。"

"嗯。"林惊野闭着眼躺着，声音带着倦意。

护士走后，陈寂躺在床上转过身问他："你胃不舒服吗？怎么要做胃镜？"

"前段时间吃饭不规律，胃总疼，吃药不见效，所以我大姨非让我查一下。"林惊野漫不经心地回答道。

“一定要按时吃饭。”陈寂劝道。

担心他会紧张害怕，她又主动开口安慰他：“我听说做胃镜不疼的，就是可能会有点儿想吐。你别怕。”

“随便，反正挨一下就过去了。”林惊野咕哝着，突然睁开了眼，侧过头看着她问，“你呢？你怕不怕？”

“我？”

“一个人来这里看病，怕不怕？”他问。

陈寂怔怔地，不觉间眼角已经湿润了。

除了他，好像从没有人这样问过她，因为从没有人关心过她。

她忍着鼻酸，诚实地回答他：“刚来的时候有点儿怕。”

可是，怕也没有用。再害怕，也还是只有她一个人。

“那现在呢？还怕吗？”林惊野接着问。

陈寂迎着他的视线，摇了摇头说：“现在不怕了。”

在遇见你之后，我渐渐变得不再害怕了，因为我好像终于不再是一个人了。

林惊野将双臂枕在颈后，转头看着天花板，平静地说道：

“其实我第一次一个人住院的时候，也很怕。

“不过后来我想通了，人生本来就是一场只能孤军奋战的单人闯关游戏，而生病只是其中的一个关卡而已。

“虽然，对我来说，它或许是最难通过的一个关卡。

“可那又怎么样？我只要能突破当下面临的每一个关卡，就证明我一直在赢，并且具有未来继续赢下去的可能性。

“不知道人是不是越乐观就越幸运，但我真的足够幸运，遇见了一些特别好的人……”

少年说着，打了个哈欠，声音开始变得含混不清，并且逐渐没了动静。

朦胧夜色里，陈寂睁着眼睛，静静地望着眼前熟睡的少年，满心尽是温柔。

她悄悄地在心里说，林惊野，你知道吗？你也是一个特别好的人。能够在这里和你相遇相识，也是我生命中遇到的一件足够幸运的事情。

第二天，陈寂起得很早，明明是林惊野要做胃镜，她看上去却比他还要紧张。

护士给陈寂扎好针后，陈寂看了看准备出发的林惊野，没忍住开口说："我陪你去吧。"

"你输着液呢，怎么陪我去？"林惊野疑惑地问道。

"走廊里有椅子，我可以用另一只手举着吊瓶。"陈寂解释道。

林惊野笑了："真不用，你在这儿等我'凯旋'就行。"

"我陪你去吧。"她咬了咬下唇，马上想了个理由，"房间里太闷了，我想出去透透气。"

"行。"林惊野说着，自然地伸手帮她举起了输液瓶。

陈寂顺着他的手看了过去，愣了下神后，很快起身跟上他的脚步。

内镜中心门口围着很多患者和患者家属，门侧有一个小电梯间，电梯对面的一排座椅上正好有空位。护士喊林惊野进去做准备后，陈寂就一只手举着吊瓶，坐在电梯对面的椅子上等他出来。

陈寂心里忐忑不安，魂不守舍。她时不时就朝内镜中心的门口看一眼，举着吊瓶的手无意识地垂落下来，被路过的阿姨提醒当心回血后才回过神来。

"不用担心，做胃镜不疼，很快就结束了。"路过的阿姨笑着安慰她。

“嗯。”陈寂点了点头。

忽然，护士推开门高声喊了一句：“林惊野的家属在吗？”

“在！”陈寂心脏倏地一紧，“噌”地起身跑了过去，手上的针头无意间被扯掉，她也毫无察觉，只顾着跑上前焦急地询问，“我是……我是家属，林惊野怎么了？”

护士打量了她一眼，淡淡地说道：“没事，他忘记取药了，你去一楼药房帮他取一下药。”

“好。”陈寂长长地松了口气。

取完药交给护士后，陈寂仍旧不太放心，一直守在内镜中心的门外静静地等。直到看到林惊野推门而出的身影，她那颗悬着的心才终于落下来，急忙走上前问他：“你还好吗？”

林惊野脸上失了血色，表情痛苦，听了她的话一直摇头。他单手撑着墙壁俯身缓了一会儿后，神色才稍微缓和。

陈寂一脸担忧地看着他，欲言又止，十分无措。

她想，他一定很难受吧！

“你要不要坐下休息一会儿？你要喝水吗？我……”

“你的手怎么了？”回过神来的林惊野一眼就扫到她手上渗着血的针眼，还没等她把话说完，突然问道。

陈寂抿唇，立刻把手藏到身后，摇头笑笑说：“没事。”

林惊野侧头朝楼梯间瞥了一眼，座椅上赫然放着一个输液瓶。

“陈寂！”他叫了她的名字，语气严肃，“怎么回事？”

“刚刚医生喊你的名字，问你的家属在哪儿，我怕你有事，着急过去，不小心把针扯掉了。”陈寂脸上依旧挂着笑，但因为心虚，显得有点儿僵，“你没事就好。”

林惊野的目光久久停在她的脸上，最终无奈地叹了口气，显然拿她一点儿办法也没有。

他关心地问她：“手疼不疼？”

“走了，回去扎针。”林惊野走过去弯腰把座椅上的输液瓶拿在手上。

当天下午，陈寂输完最后一瓶药，向聪突然来到了他们的病房。

“我明天就要出院了，惊野哥。”向聪从口袋里掏出一架很小的玩具飞机递给林惊野，“送给你的。”

“这么宝贝的东西，舍得送给我？”林惊野逗他。

“就是因为它是宝贝，我才送给你的！不许弄丢！”向聪警告他说。

“知道了，我一定好好保存。”林惊野笑了，他眉眼温柔，伸手揉了揉他的头。

向聪又从口袋里掏出另一架一模一样的小飞机，走到陈寂面前，别别扭扭地说：“这个……给你。”

陈寂一愣，回过神后，笑着接过小飞机说：“谢谢。”

“咱俩同款。”林惊野忽然凑过来，拿自己的飞机碰了一下她手里的飞机，认真地说道。

陈寂感觉脸颊发烫，低低地“嗯”了一声。

“你都送我礼物了，我是不是得还个礼？”林惊野伸手去捏向聪的脸蛋儿，“晚上请你吃饭怎么样？顺便带你去挑个礼物。”

“好！”向聪一脸兴奋，目光一转，他看了眼陈寂，转头问林惊野，“陈寂姐姐也去吗？”

“忽然想起来，还没带你出去玩过。”林惊野歪头看向陈寂，“医院附近我特别熟，要不要一起出去逛逛？”

"好。"

向聪说自己想吃烤肉，林惊野推荐了一家口碑很好的连锁烤肉店，但要坐几站公交车才能到。

公交车上的空位不多，第一排有一个空位，最后一排有三个空位。

"咱们去后面坐吧！"向聪提议。

陈寂点头说"好"，正想跟着他往后排走，就看见林惊野在第一排的座位上坐了下来，还一边伸懒腰一边说："我就坐这儿，谁也不许和我抢。"

"为什么啊？"向聪转过头，委屈巴巴地问。

"我晕车，坐车只坐前排。"林惊野慢悠悠地说道。

"娇气包！"向聪气呼呼地嘟囔，牵起陈寂的手转身就走。

"你说我什么？"林惊野扭头问。

"娇气包！娇气包！林惊野是娇气包！"向聪转头冲他做了个鬼脸，大声说道。

车上的乘客顿时纷纷斜着眼睛看向他们。

林惊野自觉丢了面子，起身作势要走过去收拾他。向聪急忙躲到陈寂身后，还不服气地从她身侧探出头喊道："说两句都不让，亏你还是个男人！"

"你是男人你别躲！"林惊野气呼呼地说道。

陈寂一边护住身后的向聪，一边努力安抚眼前的林惊野，而后无奈地笑了起来。

什么男人不男人？明明就是两个幼稚鬼！

因为是下班高峰时间，路上堵得厉害，公交车上的人也越来越多。

陈寂坐在后排，位置比较高，坐在第一排的林惊野有什么情况，她都看得很清楚。

起初，一个刚上车的奶奶找不到空位，林惊野起身要让座，结果被坐在他身边的男孩儿抢了先。紧接着，一个抱着孩子的阿姨上了车，林惊野再次起身，示意阿姨坐自己的座位。阿姨坐下来后，举起孩子的小手向林惊野挥了挥，笑眯眯地教孩子说："谢谢哥哥！快说谢谢哥哥。"

小孩子瞪着一双大眼睛懵懂地打量着林惊野，林惊野则低垂着睫毛和小孩子对视，眼里盈满了温柔的笑意。他一只手抓着头顶的拉环，另一只手举了起来，朝小孩儿轻轻地挥了挥。

夕阳落进车窗，将少年流畅的侧脸轮廓照亮，那夺目的光线刺进陈寂的眼睛里，让她眼眶发酸。她忽然想起他的病，想起他的父母一直不在他的身边，想起他一个人在医院住院，没有家人，也没有人陪着他。

他独自一个人这样辛苦地长大，却还是长成了一个很好的少年。

陈寂出神地想着，突然感觉肩上一沉，侧头一看，原来向聪歪头靠在她的肩上迷迷糊糊地睡着了。

她轻柔地摸了摸他的头。看着向聪稚嫩的脸，她忍不住想，如果安安能够平安长大，那么她和安安一起出门的时候，安安是不是也会在犯困时这样把头靠在她的肩上？

安安出生那天，妈妈让她抱一抱他，她紧张得手脚僵硬。她知道新生婴儿很娇弱，自己毫无经验，怕抱不好，说什么都不敢抱。妈妈却只当她不喜欢安安，不再强求。

安安的百日宴上，亲戚们一定要让她抱抱安安。她虽然很害怕，担心会把安安弄哭，但迫于压力，还是小心翼翼地从妈妈手里接过了安安。出人意料的是，安安不仅没有哭，反而用两只小手轻轻地搂住了她的脖子，看着她，“咯咯”地笑了起来。

陈寂听见亲戚们说：“安安很喜欢姐姐。”

她笑了，脸颊贴上了安安肉乎乎的小脸，轻轻地在他耳边说：“姐姐也很喜欢安安。”

爱笑的，可爱的，她的安安。

曾经的一幕幕在陈寂的脑海中回放，她的眼睫毛不觉间已被泪水濡湿。记忆里那些少有的温馨时刻，好像淡出、消失在她的生活中已经很久很久了，遥远得像是从没有发生过。

到了烤肉店，向聪抱着菜单认真研究上面的图片。林惊野只点了一碗粥，点完后就用桌上的开水帮他们烫碗筷。

向聪点完菜后，林惊野举起杯子对他说：“碰一杯，庆祝你明天出院，后天上学。”

“我不想上学。”向聪愁眉苦脸地道。

“不上学以后怎么开飞机？”林惊野问他。

“上学也开不了飞机。”向聪噘着嘴，情绪越来越低落，“我一辈子都开不了飞机……”

“当飞机设计师也超酷的，好吧！和开飞机一样酷！”林惊野认真地对他说道，“如果你想让自己设计的飞机飞起来，就必须好好上学，用功读书。”

“好吧。”向聪说完，忽然抬头问他，“惊野哥，你的梦想是什么？”

“我的梦想……”林惊野眼里有夺目的光亮闪过，缓缓说道，“我的梦想是成为一名哲学家。”

“真没新意！”向聪撇撇嘴，慢悠悠地道，“我们班好多人和你拥有同一个梦想。”

陈寂没忍住笑出了声，心里却一阵触动。

他想要成为哲学家吗？

这个梦想看上去好像和他八竿子打不着，但莫名地很适合他。在她的印象里，哲学就像深不可测的大海，波澜壮阔，包容万物，温柔而强大。

在她看来，他也是温柔而强大的。

她专注地思考着，不自觉地笑了。

“你呢？”林惊野突然开口问她，将她飘远的思绪拉了回来。

“我想……”陈寂顿了顿，坦诚地将自己从小便有的理想告诉了他，“我想当一名医生。”

“啊？不要吧？我最怕医生了。”向聪一脸抗拒，旋即又兴奋地说，“不过你要是当了医生，肯定是医院里脾气最好的医生。

“陈寂姐姐，你当心内科医生吧，特别厉害的那种！没准以后还可以治好我的病。还有惊野哥，你把惊野哥也治好！”

陈寂愣了愣，还没反应过来，就听见林惊野说：“那我就等着你了，陈医生。”

少年与她四目相对，他脸上笑意盈盈，周身被落日洒下的光芒笼罩。陈寂望着他，不知不觉间呼吸迟缓，呆呆地出了神。

“陈寂姐姐是陈医生，我是向设计师，那惊野哥是……”向聪若有所思，而后恍然大悟，“我想起来了，惊野哥是林大师！”

向聪转过头，兴奋地问她：“陈寂姐姐，你知道惊野哥的外号是‘林大师’吗？”

陈寂回过神，摇了摇头。

“我给你看一个东西。”向聪把脖子上挂着的红绳从衣领里扯了出来，“这是惊野哥给我写的祈愿卡，这张卡真的很灵。”

“行了啊，你怎么逢人就显摆？”

林惊野神情无奈，向聪却浑然不觉，满怀期待地问他：“惊野哥，你能不能再写个考试满分的祈愿卡给我？就是那种可以不用学习，我只要戴着它去考试，就可以考满分的祈愿卡。”

林惊野蹙起了眉，抱着胳膊垂眼冷冷地盯着他看，表情十分不善。

“我只能保你平安，别的都保不了。”他抬手用力敲了下向聪的头，“不想学习的话，考试就自求多福吧你！”

向聪耷拉着脑袋，不满地嘟囔道：“你就知道凶我。”过了一会儿，他又抬起头，“还是陈寂姐姐好，比你好多了！”说着，他站起来跑到了陈寂的座位旁边，抱住她的胳膊用力往她身侧挤。

陈寂伸手轻轻摸了摸他的头，眼里笑意盈盈。

她想告诉他，林惊野真的很好。

即便有时候，他的好会隐藏在他锋利的棱角下面，你也不用害怕。

因为你是收到了他写的祈愿卡的人。

能够收到他写的祈愿卡的人，一定是他愿意去关爱和保护的人。

他不会用那些棱角去刺伤你的。

永远都不会。

第三章
他真的是一个特别好的人

夜里，陈寂躺在病床上睡不着，睁眼望着天花板出神。

晚饭时的场景像电影画面一样在她的脑海中反复上演，林惊野笑着对她说，那他就等着她了。

等她来治好他的病。

少年简简单单的一句话，却给了她莫大的鼓励。心中那遥不可及的梦想仿佛被他装上了磁铁，拼命地将她吸附，让她越发想要靠近。

她轻缓地转过身，隔着帘子望向了一旁的床铺。

“你怎么也还没睡？”少年的声音突然响起，带着几分惊讶。

原来他没睡。

陈寂呼吸一滞，随口回答说：“眼睛有点儿疼。”

她的眼睛的确在隐隐作痛，却并不是她睡不着的理由。

“那怎么办？要吃止疼药吗？”他问。

“没事，不吃了。”顿了顿，她又问，“你呢？”

“蚊子太多，一直咬我。”林惊野皱眉抱怨，“向聪那间病房里蚊子更多。我真怕他跑过来让我给他写个驱蚊符。”

陈寂笑了，好奇地问他：“你真的和大师学过吗？”

“没有，我骗人的。”他的语气自然坦荡得不行。

陈寂弯着眼睛，神情认真地打量着少年映在帘子上的轮廓。

他整个人蜷缩在被子中，和白天相比显出了几分乖巧安静。他把头埋在柔软的枕头里，说话时睫毛轻轻颤动。

“我小时候住院时，同病房有个跟我玩得挺好的弟弟。他和我一样，父母也不在自己身边。

“他要做手术的前一晚，看到同楼层的一个小孩儿脖子上挂了个父母求的祈愿卡，心里特别羡慕。那个小孩儿骗他说，只要带着祈愿卡去做手术，就一定会手术顺利，否则就很容易手术失败。他听了特别害怕，不肯睡觉，一直哭，我实在没办法，就给他写了一个祈愿卡。

“后来他手术很成功，就开始和医院的其他小孩儿说，是我写的祈愿卡保佑了他的平安。然后就有越来越多的小孩儿来找我写，还叫我‘林大师’。”

“一开始我真的特别愧疚，又心虚，觉得自己是在招摇撞骗。”林惊野说着，笑了起来，“后来我慢慢发现，那些领了我写的祈愿卡的小孩儿，手术真的都特别顺利。更重要的是，他们对手术结果有了更大的信心，不再害怕手术了，术后恢复起来也特别快。”

“那时候我才意识到，原来信念的力量可以这么强大。”

陈寂静静地凝视着眼前的林惊野，他拥有独属于少年的昂扬和乐观，病痛、孤独……成长中所有发生在他身上的痛苦都不能消磨他的意志，更不能阻挡他在这些痛苦中向阳而生。

他真的好勇敢。她什么时候可以变得像他一样勇敢呢？

“不过这只是我得出的一个结论，还有另外一个——”突然，他眼里有光亮闪烁，瞬即话锋一转，兴冲冲地问她，“明天我也给你写一个祈愿卡，怎么样？”

话题转换得太快，陈寂愣怔了一瞬。

祈愿卡？写给……她吗？

“我得出的另外一个结论是，林惊野写的祈愿卡真的很灵。这个祈愿卡可以保佑收到它的人平安顺遂，即便有万分之一的概率遇到了不好的事情，也一定能遇难成祥，逢凶化吉。”他得意地说道，“因为林惊野是一个非常幸运的人，而每一个有缘和他成为朋友的人，都值得他把自己的幸运分给这个人。”

“你不觉得咱俩很有缘分吗，陈寂同学？”他看着她问，目光纯真、明净。

陈寂感觉眼睛有点儿发烫，她笑着点了点头：“嗯。”

世上的人何其多，他们能够在这样一间狭小的病房里相遇，的确很有缘分。

这场不期而遇的相识，是他们之间的缘分，更是难得降临在她身上的运气。

“谢谢林大师。”她眨了眨眼睛，嘴角噙着笑说。

“不用客气。”林惊野大方地回应。很快，他捂着嘴巴打了个哈欠，懒洋洋地说，“时间不早了，睡觉吧。”

“晚安。”

“晚安。”林惊野翻了个身，入睡前喃喃了一句，“林大师保佑你今晚眼睛不疼，舒舒服服地睡个好觉。”说完他便陷入了沉睡。

听着耳畔传来的平稳起伏的呼吸声，陈寂心中柔软宁静，再次轻声对他说了一句“晚安”。

晚安，林惊野。

她仰起头望向窗外，隔着轻薄朦胧的纯白色窗纱，望见了漆黑夜幕中竞相闪烁的点点繁星。

如果天上的繁星可以许愿，那么此刻她希望上天可以保佑他身体不要再难受，舒舒服服地过好每一天。可她又觉得自己实在算不上一个幸运的人，担心上天并不愿意听她的话。

不过，林惊野是个很幸运的人，所以，他应该会得到上天的庇佑吧。天上的神明，请你们一定要保佑他。

翌日清晨，当第一缕阳光透过薄雾照进房间时，陈寂在沉沉的睡梦中迷迷糊糊地转醒，却没看到林惊野的身影。身侧的床铺被整理得干干净净，摆放在上面的东西全部不见了。

陈寂揉了揉眼睛，立刻穿上拖鞋，匆匆跑出去找正在值班的护士，急切地问：“姐姐，林惊野呢？”

“林惊野？他早上天没亮就收拾东西出院了，和向聪一起走的。早上他来我这儿接了通电话，好像是他家里人有事找他。”

“哦，好……”陈寂点头，眼里有涩意止不住地上涌，鼻腔也一阵发酸。

她垂着头，魂不守舍般慢吞吞地走回了病房。她静静地坐在床上，望着对面空荡的床铺发了很久的呆。

她忍不住想，如果昨晚自己没睡着，是不是今早就可以和他道个别？

少年来去匆匆，于此刻的她而言，就像是做了一场不真实的梦。

此时，负责清扫的阿姨走进病房打扫卫生，陈寂转过身，打算把被子叠好后去水房洗漱，手刚碰到枕头，她突然注意到下面好像压着什么东西。

她心一动，伸手把枕头掀开——竟然是五颗草莓牛奶味的“阿尔卑斯”糖和一张用红色便笺做的简易祈愿卡，上面写着“陈寂平安顺遂，遇难成祥。林大师保佑你”。

她还剩下五针没打，林惊野就给她留下了五颗糖。

他说明天给她写一张祈愿卡，今天她就真的收到了。

陈寂愣怔了许久，眼眶越来越热，不知不觉间眼前蒙上了水雾。她小心翼翼地把祈愿卡收了起来，然后把糖都捡起来紧握在手心，抿起唇微笑着仰头，轻轻吸了下鼻子。

原来一切都不是梦。

原来在这纷乱俗世里，她真的一不小心幸运地遇见了她的神明。

治疗结束后，陈寂进行了一次复查，检查结果显示炎症已经消退，医生通知她可以出院回家了，并叮嘱她回家后要注意保护眼睛，避免再次发炎。她按照医嘱，安心地待在家里。

不知不觉间，就到了市实验中学新生入学的日子。入学当天，陈寂带着打包好的行李，独自拖着拉杆箱来到学校报到。报了名之后，她就去找自己的寝室放行李。

寝室划分名单表张贴在宿舍楼的一楼大厅内，陈寂根据名单上的门牌号找到了自己的寝室。同寝室的两个女生和她同班，也在高一（1）班，名字分别叫高莎和尹佳珊。

陈寂和她们打过招呼后，把行李箱放倒在地上，然后蹲下身子开始整理行李。

“听说前几年新生开学根本不用军训，今年怎么回事啊？突然要军训了，而且从高一到高三每个年级都要参加，太变态了吧！”高莎一边俯身铺床单，一边抱怨道。

“去年不是换校长了吗，上任就开始折腾学生，去年组织跑操，今年安排军训。”尹佳珊早就收拾好了行李，正倚在书桌前咬着雪糕。

“还真是。不过，我听说她外甥去年就没参加跑操，今年估计一样不用参加军训。”高莎说。

“她外甥？林惊野啊。”尹佳珊问。

在听到“林惊野”三个字时，陈寂叠衣服的动作倏地一顿，手指不受控制地颤了颤。

高莎耸了下肩，撇撇嘴说：“是啊，林惊野，谁能没听说过他？”

“你听说过吗？”高莎突然转头问陈寂。

陈寂呼吸微滞，垂着头低低地“嗯”了一声，指尖无意识地捏紧了手里的衣服。

“对了，早上路昊宇跟我说，今天他和林惊野负责在体育馆给全体高一新生发校服。等你收拾完，咱们就过去。”尹佳珊对高莎说道。

“真的啊？那我不收拾了，咱们现在就去！”高莎表情兴奋，转头问陈寂，“你去不去？”

“去。”陈寂放下手里的衣服，迅速起身道。

三人一起走下楼梯，在路过一楼走廊的水房时，被水房对面寝室门前堆放的大大小小的破旧纸箱挡住了去路。

地上的好几个箱子都是坏的，里面各式各样的生活用品散落了一地。一个患有小儿麻痹症的女孩儿因为行动不方便，正弯着腰吃力地去捡散落在地上的衣服和日用品。

陈寂俯身要去帮她，却被高莎伸手阻拦。

高莎皱着眉，附在她耳边说："我听说得这种病的人很少洗澡，我劝你别碰她的东西，肯定不干净。"

"不会的。"陈寂转头，平静地说，"我帮她一下，你俩先过去吧。"

高莎一脸不解地看着她，尹佳珊则懒得管她，拉着高莎转身先去了体育馆。

陈寂忙活了好一阵，额角的汗水都渗出来了，才终于帮女生把全部行李都捡起来送进了寝室里。

"谢谢你。"女生自我介绍说，"我叫安馨，（11）班的。"

"我叫陈寂，（1）班的。"陈寂抬起手背抹了把头上的汗，笑着对她说。

安馨在听到"（1）班"时，眼睛明显亮了，夸赞她道："你很厉害！"

陈寂谦虚地摇摇头，问她："我要去体育馆领校服，你要一起去吗？"

安馨用力地点了点头。

陈寂和安馨一起走在去体育馆的路上，周围经过的同学偶尔会把异样的目光投射到安馨身上。陈寂下意识地去看她的反应，想要说点儿什么来安慰她，却发现她只是看着自己笑，笑容真诚平和，让陈寂一时说不出话来。

看着她，陈寂忽然想到了林惊野。原来，生活中还有很多像他一样既乐观又勇敢的人。

陈寂想着，心里泛起了暖意，轻抿嘴角，向安馨露出了一个同样真诚的笑容。

安馨走得很慢，也很吃力，陈寂就耐心地配合着她的步伐，并不着急。

两人终于走到了体育馆内，前后门的桌子前各有一名学长负责给新生分发校服。负责给高一（1）班至高一（8）班发放校服的是林惊野，给高一（9）班至高一（16）班发放校服的是路昊宇。

安馨走到了排在后门的队伍里，陈寂则排在前门的队伍里。

“林惊野怎么穿了件粉色 T 恤衫啊？”

“你不知道林惊野穿的衣服都是彩虹色系吗？反正都是那种特别扎眼、特别鲜艳的颜色。”

“太高调了吧！生怕别人注意不到他似的。”

“那当然了，我们野哥就是要做校园里最‘亮’的仔！”

陈寂听着身后两个女生的对话，嘴角不禁微微扬起，眼睛也弯了起来。她忽然想起向聪曾经偷偷对她说“我觉得惊野哥穿的衣服的颜色都好丑”，被林惊野一句“就你那点儿破审美”呛了回去。

向聪忧心忡忡：“你这样穿，真的很容易成为人群中最‘亮’的仔。”

林惊野大方承认：“我就是要做人群中最‘亮’的仔。”

“好看吗？”他扯着当时他身上的那件明黄色 T 恤衫问她。

窗外树影摇晃，午后的阳光映照在少年明朗澄净的笑脸上，让人移不开眼睛。

她微微一笑，认真地回答道：“好看。”仿佛被蛊惑了一般，答案脱口而出，一颗心早已不听她的使唤。

思绪被吵闹声拉回，陈寂举目四望，艰难地在人群里搜寻，只为了能够捕捉到那抹最亮眼的粉色。只是她刚隐约瞧见他的身影，就注意到他忽然起身离开，快步朝后门的队伍走了过去。大家好奇地纷纷扭头看过去，她也跟着转过头去。

“尺码号报得不对，电脑查不到。你能大点儿声说话吗？”路昊宇不耐烦地看着站在自己面前的安馨，说话的语气充满厌恶。

“你别凑这么近和我说话，离我远点儿！你先去边上等着，等我忙完再给你发。”

路昊宇话刚落音，手臂忽然被人一把抓住。他猝不及防，抬头就想骂人，但看清楚是谁后，他就立刻闭上了嘴。

林惊野面无表情地走到他面前，扯住他胳膊的手明显很用力。路昊宇疼得龇牙咧嘴，被林惊野硬生生地从座位上揪了起来。

“换个地儿，你去我那边。”

林惊野嗓音冷淡，根本不管路昊宇答不答应，直接在他的位子上坐了下来。再抬起头时，他脸上的神色瞬间柔和了许多，他极为耐心地对安馨说道：“再报一遍你的学号和尺码，不急，慢慢说。”

安馨再次回答，依旧吐字不清，声音很小。

他把身体微微向前倾，侧过耳朵认真听。

“学号是……对吧？然后尺码是……”

“嗯。”安馨点了点头，说道，“谢谢学长。”

林惊野把校服递给她，笑容明朗而温柔：“不客气。”

看着发生在眼前的一幕，陈寂不知不觉忘记了挪动脚步。直到身后的女生大声提醒“同学，你往前走一点儿”，她才匆忙转过头，快速跟上前面的队伍。

她一边跟随着队伍往前走，一边频频扭头望向他所在的方向。

少年身穿淡粉色T恤衫，皮肤雪白，眼眸明亮，微微低着头认真地听每个同学报自己的学号和尺码，神情专注，耐心十足，仿佛和煦的春风轻轻拂过，带来一阵山野花香。

陈寂望着他的身影，眼睛一眨不眨，从他的眼里一点一点地望进了心里，像有羽毛轻轻拂过她跳动的心脏，让她感觉痒痒的。

她眼里满是欢喜，说不清是什么原因。

或许是因为她越来越坚信，林惊野真的是一个特别好的人。

虽然有时候看上去，他身上竖满了刺，强硬霸道。可她知道，他只是在用这种看起来蛮横、直接，甚至不讲道理的方式，努力去维系和保护这个世界应有的善意和温柔。

当天下午，军训就正式开始了。八月酷暑，连日的高温下，空气中热浪滚滚，炙热的阳光晃得人睁不开眼。

医生嘱咐过，陈寂的眼睛需要短期内避免暴晒，尤其是军训，绝对不可以参加。于是，午休时，陈寂拿着病历本去医务室开了延缓军训的证明。

下午，操场上的班级队列里，他们班的教官正和前排的两个女生凑在一起聊天开玩笑。负责巡查的总教官背着手从他们身侧走过，教官迅速立正站好，并换上了一副严肃的表情。接着，他掏出纸笔，高声询问队伍里有没有不能参加军训的同学，陈寂闻言举起了手。

“你叫什么名字？我记一下。”教官眯着眼问。

“陈寂。”

“陈寂？是学校西门‘陈记包子’的那个‘记’吗？”教官继续问她，笑得不着调。

班级队伍里瞬间传来了夹杂着窃窃私语的哄笑声。

陈寂隔着厚重的防辐射镜片，平静地看着他，淡淡地解释道："不是，是'寂静'的'寂'。"

"'寂静'的'寂'……行，知道了。"教官把她的名字记下来后，抬起头对她说，"去看台上站着吧。"

整个班级只有陈寂不需要军训。大家把手搭在帽檐上遮挡太阳，目光统一粘在了陈寂转身离开的背影上。

"这也太幸福了吧！"

"她为什么不用军训啊？"

"应该是生了什么病吧。"

"那我也生病了，我也不能军训！"

"你快扶我一下，我马上要晕倒了，快点儿……"

七嘴八舌的议论声从陈寂身后不断传来，她感觉此时的自己就像一座漂移的孤岛，被四周汹涌的海浪一下又一下地冲刷、拍打。

如果没有这些不友善的声音，或许她并不会在新学期的第一天就这么失落，不会这样轻易地失去作为班级的一员本应有的归属感。

她忽然很想返回，给他们看清楚自己的病历，向他们解释为什么自己可以不参加军训。

可当她回过头，看到的是向她投过来的数不清的轻蔑眼神时，心中这些徒劳的想法瞬间就消失不见了。

如果可以选择的话，她宁愿军训也不愿意生病。

可惜他们没有生病，所以他们不会懂。

陈寂独自一个人沿着跑道缓缓走到了主席台一侧的看台上。今年不能参加军训的学生全都站在上面。不远处，一个熟悉的身影蓦然闯入她的视线，让她的心跳倏地加快。

林惊野穿着一身绿色军训服，嘴边含着淡淡的笑容，正侧着头和身边的男生说话。少年逆光站着，身形挺拔，病弱苍白的脸色难掩他鲜活而灵动的生命力。他满身棱角，直白、凛冽，漆黑明亮的眼眸里却盈满了温煦。

陈寂心中原本生出的对这所学校的疏离和隔阂，仅仅因他的出现而瞬间消除了许多，让她仍然愿意对自己未来三年在这里的生活抱有无限的向往和期待。

陈寂隔着一段距离站在他右边靠后一级的台阶上，不近不远，他稍微侧头就能看到。

她刻意不去看他，目光落在操场上正在站军姿的人群中，心里却迫切想要验证他是不是还记得她，会不会来主动和她打招呼。

然而，他依旧在和身边的男生说话，偶尔和身后几个女生闲聊几句，自始至终没有朝她看过来。

她站在人群之外，显得如此格格不入。她的心情如风中的落叶般飘浮不定，最后落入一片灰暗之中。

“有吃的吗？好饿啊！”林惊野不知何时走到了她身侧，语气极为自然地问。

陈寂猛然转过头，愣怔地看着他。

“不是吧？”林惊野讶异地说道，“才过了一个星期，你就不认识我了？”

陈寂缓缓地笑了，心上涌起了暖流。她连忙摇了摇头，伸手去摸军训服裤子的口袋，从里面掏出了早上从校园超市买的两块巧克力，她用手指捏了捏，发现全部化掉了。

于是，她摇头说：“没有。”

“我都看见你拿出来了。”林惊野伸手去抓她手里的巧克力。

陈寂不给他：“化了。”

“没事，谢了。”林惊野把巧克力抢了过去，把其中一块扔进了身边男生的怀里，“你不是也饿了吗？分你一块。”

男生低头，捏了捏巧克力，然后皱了下眉：“都化了，好恶心，我不要。”

陈寂将蜷缩的手指握紧了，指甲扎进了手心。

化成浆的巧克力，好像是有点儿恶心——他也会觉得很恶心吗？

“不要的话，你就饿着吧！”林惊野没好气地说。

男生撇了撇嘴，正想把手里的巧克力扔掉，就听见林惊野说：“不吃还我。”

男生闻言，把手里的巧克力递还给了他。林惊野撕开包装纸，表情满足地一口接着一口地吃了起来，还在男生朝自己看过来时，刻意地白了他一眼。

他的举动略显幼稚，却让陈寂心生暖意。她垂下头去看鞋尖，嘴角不自觉地轻轻扬了起来。

夕阳西下，霞光染透天际，下午的军训正式宣告结束。操场上密密麻麻的人群一哄而散，男生们纷纷用最快的速度奔向食堂，女生们则三五成群地结伴而行，一边摘下军训帽扇风，一边互相询问晚上的安排。

早上从寝室出发时，陈寂便已经和高莎她们约好，等到下午军训结束后，三个人一起去食堂吃晚饭。所以，陈寂站在原地等她们。

人群汹涌如潮，源源不断地从主席台前经过，高莎和尹佳珊身在其中，陈寂看不见她们。

她一直站在看台上，周围其他不用参加军训的学生早就已经走光了，高莎和尹佳珊应该一抬头就能看见她。

可她们没有来找她。

直到操场上再也看不见一个人影，陈寂都没有等到和她约好一起去吃饭的人。

她睫毛颤了颤，垂头缓缓走下了看台，正准备往食堂的方向走，就看到林惊野正独自一人站在操场的出口处。

“你在等人吗？”陈寂本想直接从他身侧经过，但觉得有点儿尴尬，于是小声问了他一句。

“你怎么才出来？”林惊野皱着眉，看着她问。

“去了趟洗手间。”陈寂撒了个谎，紧接着说，“那你继续等，我先走了。”

“一起去吃饭吗？”林惊野突然开口了，但还没等陈寂反应过来，他又补了一句，“我请你。”

“啊？”陈寂蒙了。

“刚才不是吃了你的巧克力吗？”林惊野漫不经心道。

“没事，不用客气……”

林惊野没有理会她的拒绝，大摇大摆地走在她身前，然后突然停下脚步转过头，对她笑着说：“你的巧克力很好吃。”顿了顿，他神色尤为认真地接着道，“他看所有被晒化的东西都恶心，不是说你的巧克力恶心。”

陈寂怔怔地站着，不知道林惊野为什么突然和她解释这些，眼眶却倏地一热，鼻尖酸了。

他们去得晚，食堂已经没什么人了。陈寂排队的窗口只剩下米饭，林惊野那边的窗口还剩下米饭和几个菜。

“来这边。”林惊野喊她过去。

“吃什么？给你刷卡。”林惊野站在她旁边说。

“阿姨，剩下这几个菜都是辣的吗？”陈寂问窗口的阿姨。

“都是辣的。”

“那就要这个吧……”

阿姨正要盛菜，林惊野突然出声道：“不用了，阿姨，我们不要了，她不能吃辣。”

陈寂微微一愣。

“医生不是说不让你吃辣吗？”林惊野皱着眉问她。

“这……将就一下。”

“是什么事都能将就的吗？不遵医嘱，最后受苦的还是你自己。”林惊野目光落向了窗外，“去对面教工食堂吧。听说里面新开了个专门给病患供餐的特需窗口，老师和学生都能去吃，正好借这个机会去尝尝。”

“看，是林惊野！”

“校长外甥待遇就是好，不用军训，也不用抢饭，每天站在阴凉地儿吹吹风，然后直接去教工食堂吃饭。”

“不是说他是因为心脏不好才不能参加军训吗？”

“你看他每天活得这么有劲儿，就算真有病，能严重到哪里去？”

他们掀开教工食堂门帘的时候，两个路过的男生低声议论起来，其中一个男生语气里满是不屑和嘲讽。

陈寂本以为以林惊野的脾气，他肯定会马上揪住对方理论一番，并且要求对方必须给自己道歉。

然而出人意料的是，林惊野只是当作什么都没听见，转过头平静地问她：“两个楼层都有窗口，想去一楼还是二楼？”

“都可以。”陈寂说。

“那就一楼，更近点儿。”林惊野说。

他们很快就打好了饭菜。

“刚刚他们说的话，你别往心里去。”陈寂用筷子戳着餐盘里的青菜，主动开口，干巴巴地安慰他。

林惊野耸耸肩：“早就习惯了。这个学校里不喜欢我的人挺多的。”

“他们为什么不喜欢你？”陈寂猛地抬头，脱口而出。

林惊野一顿，笑着反问：“他们为什么要喜欢我？我又不是人民币，人人都喜欢。”

当然是因为你真的很好。

陈寂不敢说出心里的话，她没有再说话，闷头吃了口饭。

“你觉得被人喜欢很重要吗？”林惊野突然问她。

陈寂看着他，郑重地点了点头。

林惊野却笑弯了眉眼，说道：“我不觉得。

“我觉得做自己最重要。像你，像我，咱们都是很好的人，所以做自己就行了，不用去管别人说什么。”

陈寂不自觉地放下筷子，试探着问他：“你觉得我……很好吗？”

“很好啊！”林惊野夹了口菜放进嘴里，语气自然地回答。

“所以你必须相信，就算有人说你不好，也不是你的错，错的是那些说你不好的人。”他认真地补充道。

“那如果……有很多很多人说我不好呢？”陈寂眼睛发涩，有些犹豫地继续问道。

“那就是那些人的错，反正不是你的错。”

陈寂笑了，感觉心里熨帖、滚烫。从小到大，从来没有人对她说过这样的话。

“我记得高一刚开学的时候，我随手帮了一个女生，为了感谢我，她就连着给我送了一个月的早饭，不管我和她说了多少次‘我不吃早饭’，她都坚持给我送。后来有一天，她忽然不送了。你猜为什么？”

“为什么？”陈寂问。

林惊野神情无奈地道：“因为她看了场叶风的球赛。”

陈寂被逗笑了，扑哧一声笑了出来，笑得眉眼弯弯，肩膀抖个不停。

“你嘲笑我。”林惊野盯着她，一字一顿地说。

陈寂摇头，却依旧忍不住笑。

“不许笑！”林惊野像小孩子一样气鼓鼓地警告她。

“好……”陈寂努力收敛了笑容。

“今天说喜欢我的人，可能明天就不喜欢我了，这很正常。

“我真做不到让谁永远喜欢我。但我很喜欢我自己，一直。”

林惊野笑着，语气真诚而坦荡。

陈寂静静地看着眼前的少年，温柔地笑了起来。

第四章
该用怎样的身份来陪你

陈寂吃完晚饭回到教室时，发现一个外班的女生正坐在自己的座位上和高莎聊天。

女生注意到她朝座位走了过来，连忙起身要走，却被高莎制止："你继续坐，不用理她。

"让她站一会儿怎么了？她又不用参加军训。"

"不用参加军训可真让人羡慕！"女生紧接着说。

"我是因为生病才不能军训的，你羡慕我生病吗？"陈寂看着高莎问道。

"我可没看出来你哪儿有病，小题大做谁不会啊？"

"那个……我先回班上了。"女生见两个人马上要吵起来，说了一句后，匆忙起身离开。

你到底对我有什么意见？——陈寂忽然很想开口问问高莎。

可回想起林惊野刚才对她说过的那番话，她终于苦笑了一声，没有开口去问。

问与不问，解释与否，真的能改变对方对她的看法吗？

本就不是同一类人，该怎么去强求相互之间的理解和喜欢？

何况她本来也不可能做到让所有人都喜欢她，她又不是人民币。自己能够做到问心无愧，就足够了。

陈寂没再理会高莎言语里的阴阳怪气，她摊开练习册，拿起笔开始做题。

陈寂习惯每天最后一个离开教室，也自然而然地承担起了给教室锁门的工作。晚自习结束锁好门后，她回到宿舍，发现里面没有人。

她肚子有点儿不舒服，于是把书包放下后匆忙跑进了洗手间。进去没一会儿，她就听见两个室友从走廊里传来的交谈声。

高莎和尹佳珊拎着刚取回来的外卖走进了寝室。

“她堂妹真这么说的啊？”尹佳珊惊讶地问道。

“真的，今天下午我和我发小打电话才听说的。她的初中同学都知道这件事，所以都不待见她。”高莎虽然道听途说，却做出一副“这事绝对是真的”的样子。

“真看不出来，她平时不声不响的，能干出这么可怕的事来。”尹佳珊也很快听信了这个传言。

“咱们俩以后还是少招惹她为妙，我有点儿害怕。”高莎提议道。

陈寂默默地听着，手指不自觉地握紧，指甲掐进了掌心。

原来又是陈芷婷。为什么即便她来了市实验中学，陈芷婷仍然不肯放过她？

两个室友听风就是雨的行为让她觉得可笑，可转念一想，也不能怪她们。本来就是刚开学，在没有任何感情基础的情况下，她们凭什么相信她？

是她刚开学就搞特殊不参加军训。至于其中缘由，谁又有责任或义务来了解？

所以，她们对她有偏见、不喜欢她，其实是再正常不过的事。

陈寂按下冲水键，洗完手后从卫生间走了出来。

高莎和尹佳珊面对面坐在寝室中间吃麻辣烫，两个人的书桌被各自的东西占满了，寝室里又没有其他可以用来吃饭的桌子，她们就把陈寂床下的整理箱拖出来征用了。塑料盒里洒出来的红油将白色的整理箱盖子弄得污秽不堪。

陈寂盯着自己的整理箱看了几秒，高莎和尹佳珊默默对视一眼，谁都没有说话。

“箱子你们俩用吧。”陈寂淡淡地说，“用完记得收拾一下，放回原位。”

“你要一起吃点儿吗？”尹佳珊问。

陈寂看了眼浮在汤汁上的辣椒油，摇了摇头。

“不吃就不吃，有必要这么嫌弃吗？”高莎的语气里带着不满。

“没嫌弃，我不能……”陈寂的话还没说完，就被高莎突然响起的手机铃声打断了。

“我去接个电话！”高莎猛地站起来，放下筷子，对尹佳珊说，“你先吃！”

“那我去接个水。”尹佳珊也紧跟着起身离开。

陈寂把已经到嘴边的话咽了回去，没再说什么。洗漱完毕后，她就早早地上了床。

今晚宿管阿姨没有准时查寝，高莎和尹佳珊慢悠悠地一边吃饭一边聊天。陈寂有些累了，在寝室里说话声不断又没有关灯的情况下，竟然迷迷糊糊地睡着了。

入睡前，她隐约听见班上其他寝室的女生来她们寝室吃麻辣烫。一群女生聊得热火朝天，可她们究竟聊了些什么，陈寂并没有听清楚。

然而，在第二天上午班级队伍集合，感受到班上女生看向她的眼神里的微妙变化时，她几乎可以猜到，昨天晚上她们究竟都聊了些什么。

大概是，高莎把关于自己的传闻告诉了班上的其他女生。

陈寂告诉自己不用在意，在军训开始后，径自走向了看台。

晚上，所有学生都被安排在报告厅内观看入学教育推荐影片。报告厅四面无窗，前后门紧闭，空气中热流涌动。

陈寂推开后门走进去的时候，影片已经开始播放了，漆黑的教室里，只有硕大的液晶屏幕散发出刺眼的光亮。

她坐在靠近后门的座位上，抬起头去看影片，没看一会儿，眼眶就开始刺痛，光亮像细针一样扎进她的眼睛里。她眨了眨眼，痛感更加明显，让她连睁眼都变得吃力。

闷热的报告厅仿佛一个巨大的蒸笼，让她眼里密集的痛意一路蔓延到头顶，陈寂的头开始越来越疼。

终于，她疼得实在受不了，推开身侧的后门透了口气，然后起身走了出去。谁知还没走出几步，就猝不及防地和正在走廊里来回巡视的路昊宇撞了个正着。

“你怎么出来了？”路昊宇问。

“我眼睛不太舒服，想出来休息一下。”陈寂解释道。

“有班主任开的假条吗？”

陈寂摇了摇头：“我突然不舒服，还没来得及开假条。”

“那你不能出来。”路昊宇不依不饶，“回去把电影看完，不然给你们班扣分！”

陈寂无奈，手指按着刺痛的眼眶，眯着眼睛转身走回了报告厅。不想，她刚推开门，就和从里面推门走出来的人迎面撞上了。

冰凉的金属拉链蹭过她的额头，陈寂的脸颊紧贴在对方的校服上。她费力地睁了睁眼，在看清楚胸牌上印着“林惊野”三个字时，整个人顿住，匆忙向后退了一步。

“怎么了？”林惊野垂下眼低声询问，熟悉的嗓音在她的头顶轻轻响起。

“没事。”陈寂咽了下口水，“路学长在检查，不让提前走。”

她刚把话说完，就意识到路昊宇怎么敢为难林惊野，自己对他的提醒纯属多此一举。

“不过你应该可以走，我先回去了。”

陈寂说完，试图从他身侧钻进去，却被他伸手拽住了衣领。

“回什么？你眼睛受得了吗？”说着，林惊野松开她，“跟我走，他不敢为难你。”

陈寂的心跳因为他手上的动作彻底乱了节奏，愣愣地跟在他身后。

在走到教学楼门口时，他们看到路昊宇正拿着本子记人名。

林惊野只当作看不见他，径直从他身侧走过去，陈寂也目不斜视地快步从他身侧经过。

“你等会儿！”路昊宇追过来，拦住陈寂，“没有班主任开的假条，必须记名。”

陈寂正不知道该怎么办，就见林惊野突然转过身，漫不经心地开口道：“假条明天补给你。”他面无表情地又补充了一句，“你敢记她的名字试试。”

路昊宇神色紧绷，脸上怒容分明可见，却终究没有再阻拦她。

林惊野转身就走，陈寂隔着一段距离跟在他身后，目光凝视着他的背影，不知不觉间，眼睫微微湿润，鼻尖也有点儿发酸。

她没有想到今晚会再次遇见他。

“你怎么走得这么慢？”林惊野忽然回过头，看到她不太对劲的表情，不禁愣了愣，然后放轻了声音问，“怎么了？”

“没事。”陈寂摇头，努力忍住眼里的泪，“刚刚……在里面……眼睛不太舒服。”

“我也是，心脏难受得不行。明天我问问我大姨，谁给安排的破地方啊？闷得要死！”林惊野说着，带她走到了夫子像附近的水车旁，四周绿树掩映，水声潺潺，有轻柔的凉风迎面吹来。

“现在眼睛好受点儿了吗？”他问。

陈寂吸了吸鼻子，然后点了点头。突然，她感觉自己的脚被一个毛茸茸的东西拱了一下，垂眼一看，原来是一只白色的小猫。

林惊野弯下腰把小猫抱进怀里，小猫则伸出脑袋，在他的校服上用力地蹭了几下。

“它每天晚上都会在这儿等我带它回家。”林惊野摸了摸它雪白的绒毛，目光温柔，嘴角带笑，“它不喜欢和别人玩，我也是。毕竟除了它，没有人陪我。”

陈寂喉咙动了动，手微微握紧。

她想告诉他，不是这样的。

可她不知道怎么说，于是，不知不觉地便陷入了沉默。

忽然，林惊野开口道："不早了，你早点儿回宿舍，我骑车回家了。"

"嗯，好。"

陈寂虽然点头答应了，脚步却不听使唤，不自觉地跟着他走进了校门口的车棚。

林惊野回过头，不解地看着她。

"我送送你。"她慌忙解释道。

林惊野笑了，问："送我干吗？早点儿回去。"

简单的一句话，陈寂却听出了两种含义，心中一时分辨不清他是不想再和她多相处，还是在提醒她注意安全，早点儿回宿舍。

陈寂还站在原地出神，林惊野已经骑上了车。

"陈寂。"林惊野把小猫放进车筐里，双臂撑着车把手，然后转头喊她的名字。

陈寂抬起头，一脸懵懂地看着他。

"健康最重要，别总勉强自己。

"生病不是你的错。

"在不伤害别人的前提下，对自己好一点儿，不是自私；在有正当理由的前提下，做规则的例外者，不是搞特殊。

"反正是非从心，毁誉由人，自己认可自己才最重要。"

"更何况——"少年的声音清晰有力，穿透了她耳边的风声，"还有我陪你一起。"林惊野说完这些话，便转过身骑车离开了。

陈寂站在原地，眼睫毛一点点被洇湿，目光落在少年远去的背影上，久久没舍得收回。

他总是能教会她很多道理。

曾经因为别人随便一个眼神、随便一句话，就能连着好几天思前想后、患得患失的陈寂，终于可以理直气壮地在心里说一句：她没有错，如果有人不喜欢她，那就是这个人有问题。

自从和他相识以来，他一直都对她很好。她不止一次地想，自己究竟可以为他做点儿什么。

夏日的晚风吹过她的头发，陈寂站在路灯下，看到暖黄的光晕中拼命扑扇翅膀的飞蛾，好像看到了此时此刻的自己。

她唯一能做的，似乎只有尽自己最大的努力去奋斗。

一定要更努力。

陈寂回到寝室时，高莎和尹佳珊正敷着面膜躺在各自的床铺上聊天，她们的腿高高地跷着，一旁的电风扇则呼呼地吹着。两个人看到她，继续谈论正在进行的话题，都没有和她说话。陈寂的视线掠过她们，拿起洗漱用品走到了洗手台前。

“你可真聪明，知道报告厅里太闷，提前请了假，不去看那个破片子。我也沾了你的光，能在宿舍吹风扇凉快一晚上。”

“幸亏学生会主席不是林惊野。”高莎语气夸张地道，“你不知道林惊野有多损，去年有一阵子他当值周生，有个女生总装来例假逃跑操，被他毫不留情地抓住送到教导处了。他还和人家说，‘你这个月来第四次了’。”

“不是吧？”尹佳珊被逗笑，转而神色不解地问，“他自己不就一直搞特殊，还好意思抓别人？”

“他自己搞可以，别人就不行。”

陈寂正握着塑料杯刷牙，听到她们的对话，手上的动作一顿，扬起嘴角冷笑了一下。

她们懂什么？

她们不会懂，她们口中那个在校园里搞特殊、仗势欺人的林惊野其实是个多么温柔美好的人。

而他有多好，她们不知道，也不需要知道，有她知道就够了。

他就像她妥帖安放在心底的一方耀眼的宝藏一样，任何人都发现不了，永远被她私有和珍藏。

陈寂想着，脑海中忽然浮现出一个情景——刚刚在校门口，林惊野临走前转头对她说：“还有我陪你一起。”

她不自觉地捏紧了手里的牙刷，沾满泡沫的嘴角噙了笑容。

哪怕不被别人理解和喜欢，也还有他陪她一起。

军训的最后一天突然下起了大雨，各班级参加闭幕式走方阵的同学被集中安排在体育馆内进行排练。

学校通知今年没有参加军训的所有学生在各自的教室里上自习，陈寂独自坐在高一（1）班的教室里，转头看向窗外，目光不经意落在了对面文科楼里高二（16）班的窗户上。

青灰天色下，对面教室的玻璃窗被细雨蒙上一层薄雾，只有刺眼的白炽灯灯光闯入视线，在灰暗里破开了一道光。

他正在教室里做什么呢？是在看书做题，还是在和其他同学讨论问题，又或者在闲聊？

“同学？”一道陌生的男声突然响起，同时，一只手在她眼前用力晃了晃。

陈寂连忙回神，这才发现一个陌生的男生不知何时出现在了她的书桌前。

见她看向了自己，男生继续道："这是军事理论考试的卷子，主任安排我发给这次没有参加军训的同学，让咱们几个上午把卷子写完，中午再交给她。"顿了一下，男生犹豫地问道，"那个，你带伞了吗？能帮我把剩下的卷子给对面楼里的同学送过去吗？"

"好。"陈寂立刻答应了下来，"我带伞了，你给我吧！"

"太好了，谢了啊！"男生高兴地道谢。

陈寂撒了谎，她根本没有带伞。

陈寂把卷子放进防水文件袋里，起身走出教室，然后冒着雨跑出了教学楼。

胸腔里一颗心跳得飞快，没过几分钟，陈寂就跑进了文科楼里。她伸手理了理头发，深吸一口气，抱着文件袋走上楼梯，来到了高二（16）班教室的门口。

教室里十分安静，几个没有参加军训的学生正在专心上自习。林惊野坐在第二排靠窗的座位上，正低着头认真地翻看手里的历史书。窗台上有几盆新鲜的小绿植，桌面上的物品摆放整齐，只有一本书、几支笔和一个敞开盖子的纯白色保温杯。

陈寂看到林惊野拿起杯子仰头喝水，这时前排的男生突然转头对他说了什么，他笑得差点儿呛住了。他立刻放下杯子，抬手去戳男生的背。前排的男生转过身和他打闹，不小心碰倒了杯子，他连忙用手去扶，让杯口朝向自己，避免对方被烫到。

“同学，你找人吗？”陈寂正看得出神，一个从教室里走出来的女生忽然停下脚步问她。

她点了点头，回答：“学姐，我找林惊野。”

一个人的名字究竟承载着多少意义呢？

每一次当她脱口念出他名字的时候，心中总是虔诚而又郑重的。

“林惊野！”女生转头帮她喊人，“有人找你！”

陈寂看见少年闻声而起，朝门口走了过来。

雨水在墨色的天际落下，在雾气缠绕的玻璃窗上画下一道道细密的雨线。

少年抬眼看向她，目光清澈，挡住了他身后的大片青灰。

“这是军事理论考试的卷子，主任说上午要答完，中午要交回给她。”陈寂不自觉地避开了眼神接触，边说边把怀里的卷子递给了他。

“你没带伞吗？”林惊野接过试卷后，看着她被打湿的头发，皱着眉问道。

“嗯，没事。”陈寂说着，转身要走，“我先回去答题了，学长再见。”

“你等我一下。”他突然喊住她。

陈寂怔怔地立在原地，看着他转身走到自己的座位，在座位上取了什么东西，然后快步折回来。

是一个印着字母“L”的白色鸭舌帽，林惊野把它递给了她：“我这儿也没伞，有个帽子，你将就遮一下。”

“好……谢谢。”陈寂接过他递到自己眼前的帽子，低声道谢。

从教学楼里走出来后，陈寂却没有把帽子戴在头上挡雨，而是把帽子抱进了怀里——即便自己被淋湿，她也不想让它被淋到一分一毫。

回到教室，她小心翼翼地把帽子放进桌子里，才拿起笔埋头写试卷。

可写着写着，她的视线不受控制地一次次落在桌子里露出来的纯白色帽檐上。

空气中泛着凉意，窗上的白色薄纱不断被风吹起又轻轻落下，伴随着她起起落落的视线一起，搅动着她胸腔里那颗不安宁的心。

她无奈地放下笔，把帽子拿了出来，手指在微微凸起的字母“L”上摩挲了几下，嘴角止不住轻轻扬了起来。

她恍然间发现，原来没有伞的雨天，也可以这样温暖。

军训很快结束，上午刚举行完闭幕式，下午就开始正式上课。

第一节课就是生物课，生物老师是高一（7）班的班主任兼高一年级的年级主任尤萍。

课上，陈寂用手轻轻触摸着崭新的生物教材，细碎却泛着光亮的回忆在眼前铺展开，她的心中蔓延着无尽温暖。

“陈寂姐姐，你当心内科医生吧，特别厉害的那种！没准以后还可以治好我的病。”

“还有惊野哥，你把惊野哥也治好！”

“那我就等着你了，陈医生。”

即便这所学校并没有如她所期盼的那样给她一个友善的开始，可那又怎么样呢？这里仍旧会是她梦想的起点。

心中纯白的一隅被她建起坚固的防线牢牢守护，繁复的人际关系连同它粘连着的诸多烦恼一起，通通被抵挡在了这道防线之外。

“你们是今年中考全市前三十名的学生，我相信你们肯定已经预习过课本了。”

讲台上尤萍淡淡的说话声将陈寂的思绪拉回课堂上。

“翻开书，看第一单元的目录。我找一位同学来介绍一下这个单元的主要知识结构。”尤萍说着，低头看了眼花名册，“高莎。”

高莎猛地起身，垂下头，慌忙翻了几下课本，显然并没有预习，久久没回答出问题。

“你的同桌来回答。”尤萍接着说。

高莎的同桌正是陈寂，她从容地站了起来，把自己在暑假里整理好的单元知识框架完整而流利地陈述了一遍。

“答得不错。”尤萍满意地点点头，又忽然问她，“有意愿当生物课代表吗？”

陈寂一愣，点了点头。

“那你下课来我办公室一趟。”尤萍摆摆手，“坐吧，旁边的同桌也坐下吧。”

陈寂应声坐下，高莎瞥了她一眼，冷着脸也坐了下去。

下课后，陈寂跟随尤萍去了年级组办公室，听尤萍交代了一些生物课代表工作的主要内容和注意事项。

班上的同学早就在军训时结交到了朋友。高莎几乎每个课间都没闲着，要么拉着尹佳珊陪自己去上厕所，要么跑到走廊里和几个外班的女生聚在一起聊天。

教室里无论如何吵闹，陈寂周围的那片区域永远是空荡寂静的。

初中三年里，陈寂早已习惯了在班集体中孤单落寞的处境，心中自然平静无波。然而今天有点儿不一样，她在开学第一天就受到了生物老师的夸赞和认可。

这虽然只是一个小小的褒奖，却在她的心里燃起了雀跃的火花。喜悦的火焰将她心中的苦闷酸涩燃去了大半，却终究因为无人可分享，不可避免地在心底留下了痛楚。

下午自习课开始前，陈寂给班里的同学发生物老师布置的卷子，发到最后一张时，接过卷子的女生指着卷子边缘的一个小缺口说："这张试卷破了，你给我换一张。"

卷子是陈寂在年级组办公室的储物柜里取出来的，因为叠放不整齐，很多张卷子的边缘有细微的缺口或破损。陈寂领回来的试卷，不多不少正好三十份，也是整个年级组最后的三十份试卷。

"没有多余的了。"陈寂说。

"那你拿你的卷子和我换。"女生紧接着说。

陈寂没说话，转身回到自己的座位上，取了桌上的卷子拿给她。

"你这张连题目都没印清楚，也好意思给我？"

"是你自己要换的。这是最后一张，如果实在不满意，你可以找别人换。"陈寂语气平静地说完，伸手将自己的卷子抽走，然后转身离开。

"你什么态度！"女生对着陈寂的背影气急败坏地喊道。见陈寂压根儿不理自己，她旋即转过头，将身后男生的卷子一把抽走，再把自己的卷子啪的一声拍在他的桌面上。

"你干吗？！"后座男生正趴在桌子上睡觉，被女生的动作吵醒，直起身皱眉吼道。

"陈寂让我和你换的。"女生理直气壮地说。

男生烦躁地吼道："有病吧她！"

第二天早上，陈寂收到尤萍的临时通知，让陈寂在早自习开始前把昨天留的生物作业收上去。

要知道，尤萍原本安排的收作业的时间是在每次上生物课之前，现在这样的“突袭”让一部分还没写完作业的同学措手不及，他们原本是准备在上午的自习课上写的，因此这会儿他们压根儿没办法按时上交。最后，陈寂只收到了三分之二的作业。

陈寂向尤萍如实说明并解释了作业未收齐的情况，尤萍听后发了火，生物课上拖堂十几分钟，特意强调每个人都必须按时交作业的问题。

大家着急去食堂打饭，心中不满，开始不耐烦地抱怨，更有人直接弄出了一阵摔摔打打的动静。

等到尤萍终于肯下课了，全班同学迫不及待地起身离开座位，蜂拥而出。

陈寂也站了起来，跟随周围人的脚步往教室门口走。

身后抱怨的声音传进了陈寂的耳朵，让她停下了脚步。

她没再继续往前走，退后一步，给后面的人让出位置，而后独自站在一旁，默默等待眼前熙熙攘攘的人全部离开教室。

喧闹声犹在耳畔，陈寂却只觉得自己跟他们处在两个不同的世界里。

来自周围的密集而尖锐的敌意，如群蚁般啃噬着她心中那条防线，一点点侵蚀着她心中想要尽力守护的干净角落。

她好像快要守不住了。

陈寂轻轻仰起头，努力将眼里含着的泪水压了下去。她环顾四周，宽阔空寂的教室里只剩下她孤零零一个人，被遗落在阴影里。

初中三年，陈寂在学校里独来独往，习惯了无论走到哪里，耳朵里都塞着一副耳机，并且总是把音量调到最大，用这种方法来掩饰自己形单影只的落寞孤单，也覆盖住周围人议论自己的声音，这是她养成的自我保护的习惯。

陈寂回到座位上取了耳机，将它们塞进了自己耳朵里。

食堂肯定已经没有饭了，她准备去校园超市买个面包吃。她走出教室，沿着楼梯的台阶一步一级地往下走。因为塞着两只耳机，她听不见周围的任何声音，于是，她毫无防备地被两个在她身后推搡打闹的男生猛地撞了一下，瞬间，她的脚踩空了，整个人直直地向前扑了过去。

即将扑倒的那一刻，陈寂的大脑一片空白，她的第一反应是幸好眼前只剩两级台阶，自己顶多摔在地上，不至于顺着台阶一路滚下去。

她正想着，胳膊却突然被一只手拉住，伴随着身体的惯性，她和拉住她的人一起重重地跌在了楼梯的最后一级台阶上，她整个人则撞向了对方的胸膛。

陈寂恍惚地抬起头，一眼就看到跌坐在台阶上的少年。

“林惊野！”她惊呼一声。

眼前的他右臂撞在了身侧的墙壁上，双唇紧抿，脸色泛白，呼吸也明显地急促了许多。

陈寂的大脑还没反应过来，眼圈已经泛红了。

她忍着身上的剧痛，迅速站起来去扶他，哑着嗓子急切地问道：“林惊野……你哪里难受？是心脏难受吗？”

少年抿着唇没说话，平复了好一会儿后，他脸上痛苦的神色才终于稍稍缓和。

林惊野抬起头看向她，摇了摇头，语气轻松地回答：“没事儿，只是轻轻摔了一下。”

陈寂抿着唇，没出声。

“你干吗这副表情？”他嘴角绽开笑来，“我有那么弱不禁风吗？”

陈寂紧咬着唇，别过脸不去看他，泪水吧嗒吧嗒地从眼眶里涌出来，一滴接着一滴，源源不断。

她哭得双眼通红，身体颤抖，甚至止不住地剧烈抽噎起来，仿佛要把压抑了一整天的情绪通通发泄出来。

她觉得自己的生活真的很糟糕，哪里都糟糕。

上天就不能对她好一点儿吗？如果不能对她好一点儿，那可不可以对林惊野好一点儿？

不要再用无休止的病痛来折磨他了，可以吗？

见她这样的反应，林惊野明显有些无措：“你怎么了？”他放轻声音试探着问，“摔得很疼？”

陈寂噙着眼泪，摇了摇头，然后哽咽着说：“没有……对不起……”她泪眼模糊地抬起头，“你以后别……”

你以后别再管我了。

陈寂话还没说完，就被林惊野抢先一步开口打断了：“你以后别光听歌不看路行不行？”他有些无奈，“他们俩动静那么大，你听不见；我在后面喊你，你还是听不见。真是服了你了！”

陈寂眼角酸涩，愧疚地垂下头：“对不起，我以后不会再戴耳机走路了。”忽然，她又抬起头补充道，“你下次如果想叫我，直接喊我的名字就行，千万不要再跑了。”

“我习惯戴一只耳机走路，你也可以试一下。”少年眉眼一弯，“这样就既能听歌，又能听见别人喊你了。”

陈寂睁着酸痛的眼睛去看他，点头说了声“好”。

可是，他不知道，除了他，不会再有别人喊她了。

回首过去，他的每一次出现，都像是他曾经挡在自己眼前的那只手，帮她挡去了那些刺目的她不愿意看见的东西。

这个陌生的校园，虽然冰冷可怖，却终究因为他的存在而变得鲜活、炽热起来，让她能够忘记那些每天从四面八方朝她袭来的寒刀冷箭，让她生出对自己和未来的无限期望与热爱。

柔和静谧的傍晚，身穿蓝白校服衬衫的高大身影笼罩住她，挡住了他背后窗外高耸冷酷的楼群，为她隔出一个被昏黄光晕包围的温暖世界，明亮得有些刺眼。

陈寂看着眼前少年毫无保留的灿烂笑容，心里如释重负，她扬起嘴角破涕为笑。

就让她只看得见眼前的温暖吧。

其他人究竟是什么样的，于她而言，早已不再重要了。

第五章
两个世界交叠在一起

正式开始上课后，高一新生学习课间操就被纳入学校每天的工作安排之中了。

大课间的自由活动时间，操场上的同学们站在各自的班级区域内三五成群地聊天打闹。形单影只的陈寂站在一旁，尤其显眼。或许并没有人会刻意举着放大镜去看她这个小点儿，可她的心里仍然会觉得不自在，她暗自期盼着课间操可以尽快开始。

终于，站上主席台的体育老师吹响了哨子，并要求每个班的体育委员组织本班同学排好队。

等到各个班级的同学按照男生和女生各一排的顺序站好后，体育老师说，市实验中学的新型课间操的形式是交谊舞，需要男女两人一组配合来跳。

和陈寂同组的男生瞬间愁眉苦脸，探着头询问前后左右的人：“欸，和我换换，行不？”

“不换。”

“谁想和她跳？我不换。”

…………

最后，那个男生揪着班上一个长相白净、身形瘦小的男生和自己换了位置。

被迫调换位置的男生看向陈寂，露出了腼腆的笑容，抬起手和她打了个招呼。

陈寂笑了笑，也和他打了个招呼。

“你叫陈寂，是吗？”

陈寂点了点头。

“我叫易南……”男生做了个自我介绍。

话音刚落，课间操的音乐伴奏声就响了起来。

“高一的新生，有谁不会跳交谊舞的，跟着领操员一起跳！”体育老师站在台上拿着话筒喊道。

周围的同学纷纷抬头望向主席台，模仿着领操员标准、规范的动作，尝试着迈出自己的脚步。但因为总是有人出错，踩到各自搭档的脚，班级队伍里传来一阵阵叫喊声和哄笑声。

陈寂把手搭在易南的肩上，她刚迈出一步，脚尖就被易南不小心踩了一下。

“没事吧？”易南急忙问，面带愧色，“我不太会跳，对不起……”

“没事。”陈寂安慰他道，“我也不太会。”

“我在初中没学过交谊舞，我是在七中读的初中。”易南解释道。

陈寂知道七中，林惊野也是在七中读的初中。

“七中很厉害。”陈寂继续迈着舞步，状似不经意地夸赞道，“我们学校很多优秀的学长、学姐都是七中的，像吴梦佳学姐、戴菲学姐、李彤硕学长……”她生硬地讲了好几个不太熟悉的名字，“还有林惊野学长。你以前就认识他们吧？”最后这句话，带着几分试探。

“我只和惊野哥比较熟，还没机会和其他几位学长、学姐认识。”易南不好意思地挠了下头，“初二那年，我和惊野哥一起在校广播站工作过。”

陈寂闻言，微微一愣，他果然认识林惊野，而且林惊野竟然会播音！

“你会播音？真厉害！”陈寂赞叹道。

是啊，会播音的林惊野真的很厉害！

他在校园广播里读播音稿时，会是怎样一副模样呢？

他的声音清脆干净，不管读什么稿子，肯定都很好听。

那他读的稿子会是什么类型的呢？他会读诗吗？

此刻的易南仿佛变成了一扇小小的玻璃窗，透过它，陈寂仿佛看到了林惊野的初中世界，一个她没有了解和参与过的世界。

“我平时说话语速比较慢，老师说比较适合朗读，就推荐我去了。

“其实我只是负责读一读，素材都是惊野哥自己收集的。

“他很喜欢读诗，和校长争取到了机会，每天傍晚给大家读一首诗。

“读完他还会说一些自己的感悟，都很有哲理，很正能量。

“他不像学校里有些人传的那样，他其实是个很好的人……”

听到易南对林惊野的描述，陈寂温柔地笑了，诚恳地点了点头。

林惊野是个很好的人，她一直都知道。

“高一各班同学，确定好自己的舞伴，以后舞伴就固定了。”随着音乐伴奏声停止，课间操结束，体育老师站在主席台上说道。

“以后就我们俩一组吧。”易南说。

“好。”陈寂答应道。

“对了，那个……昨天尤老师拖堂，害咱班同学没能吃上饭……这件事怪她，不怪你，真的。”易南犹豫着，真诚地说道。

“嗯，谢谢你。”陈寂微笑着说道。

中午下课后，陈寂独自离开教室去食堂打饭。食堂里人山人海，她端着餐盘在人群里左右张望，只要注意到哪张餐桌有空位，她就会走上前低声询问一句：“同学，这里有人吗？”她问了很多次，可对方给出的回答全是“有人了”，然后随手找一些东西放在空位上占座。

学校不允许把饭带回宿舍吃，在食堂里又总是找不到空位，于是陈寂走到两个马上要吃完的女生附近，打算等她们离开后，坐在她们的位子上。

两个女生很快放下了筷子，但她们瞥了陈寂一眼，拿纸巾擦了擦嘴后，不紧不慢地聊起天来了。

“哎，有人等着你们这桌呢！”隔壁桌女生提醒她们。

“让她等着呗！”其中一个女生耸耸肩。

陈寂没再继续等下去，注意到附近又有一个空位，对面正闷头吃饭的男生快吃完了，于是她端着餐盘走到了那个座位前。

“请问这里有人吗？”她问。

男生摇摇头，一抬头却愣住了：“陈寂！”

陈寂这才看清楚眼前的人，是易南。

“没人，你坐吧。”他说。

“谢谢。”陈寂放下餐盘坐了下来。

两个人正默默地吃着饭，旁边一桌的两个男生突然吵了起来。陈寂看过去，发现路昊宇也在，就坐在正在吵架的两个男生旁边。

两个男生站起来，在过道里争执推搡，碰倒了易南放在桌角的饮料杯，饮料洒在了其中一个男生的球鞋上。

易南猛地起身，然后低头道歉。

“赔吧！”男生环抱起胳膊，悠闲地说道，“我这双鞋三千元。”

“我帮你刷，肯定能刷干净。”易南说。

“我这双鞋布料特殊，刷不干净，赔吧！”男生不依不饶。

“主席，你管不管？”见易南低着头不说话，男生转头问路昊宇。

“他这双鞋的确是三千元。”路昊宇对易南说。

“你们别太过分！”陈寂忍无可忍，放下筷子，起身走到那个男生面前，“饮料是你自己碰倒的，别人没有义务赔。”

“哟！”男生上下打量起陈寂。

周围的人纷纷看向陈寂，开始指指点点，窃窃私语。

陈寂的心被刺痛，垂在身侧的双手不自觉地握成了拳。她下意识地垂下头，目光落在自己身上，突然想起了林惊野。

她忽然发现，原来此刻真正让她觉得既羞愤又无力的原因，是她想起了林惊野。

陈寂从心里瞧不起这些只会嘲笑和侮辱别人的男生，他们连对人最起码的尊重都没有，自然也不配受到别人的尊重。

在她的心里，这样的男生和林惊野有着云泥之别，他们身上的素质和教养高下立判。

林惊野永远不会像他们一样口出恶言来伤害她。

陈寂眼眶酸痛，身体控制不住地颤抖。

忽然，她的胳膊被人从身侧拽住了，随之而来的是一股熟悉的洗涤剂的味道——一道瘦长挺拔的身影挡在了她的身前。

林惊野手里拿着饮料杯，毫不客气地将里面的饮料泼到了对面男生的身上。

男生被泼得一脸蒙，在看清对方是林惊野时，正要脱口而出的骂人的话瞬间卡在了喉咙里，硬生生地咽了下去。

“道歉！”林惊野冷着脸看着男生。

男生无奈，转头对易南说：“对不起，学弟，是我的错，不小心碰倒了你的饮料，不用你赔了。

“道完歉了，能走了吗？”

“不用向学妹道歉是吗？”林惊野冷声质问他。

“学妹？”男生扬起嘴角，敷衍地道，“行，学妹，对不起。”

男生分别向易南和陈寂道了歉，重新给易南接了一杯饮料后，林惊野这才放过他，让他离开。

餐桌上，林惊野坐在易南旁边的座位上，也是陈寂斜对角的位置。

陈寂控制不住地鼻酸，垂着头默默吃饭。她不敢抬头去看林惊野，生怕自己再看他一眼，眼泪就会不争气地夺眶而出。

她不想在易南和林惊野面前哭，尤其是在林惊野面前——她实在不想再一次在他面前哭了。

“惊野哥，今天多亏有你。”易南向林惊野道谢。

“没事，以后再遇到这种情况，千万别怕，该怎样就怎样。”

易南看着林惊野笑了，但他很快注意到陈寂始终一言不发，以为她是因为不认识林惊野，所以不好意思和他们一起聊天，于是主动开口对陈寂说："你们可能不认识，他就是林惊野学长。"他转过头看向林惊野，"惊野哥，她是我的同学，名字叫陈寂……"

"我们认识。"林惊野说完，突然话锋一转，对易南说，"能帮我去买瓶水吗？"

易南愣了愣，虽然有些没反应过来，但还是迅速答应了："好。"然后，他起身走向食堂里侧的小超市。

林惊野双臂撑在桌面上，从外套口袋里摸出一包纸巾递给陈寂，问道："我这儿有纸，要不要？如果你还想哭也没事，我不看你。"他说着，闭上了眼睛。

陈寂怔怔地看着近在眼前的脸——漆黑浓密的睫毛垂下来，让他身上冷峻的气场瞬间柔和了不少，给人一种他性格很乖巧的错觉。

陈寂很快回过神来，一面伸手去接他递过来的纸巾，一面含糊地说了声："谢谢。"

等她抽出一张纸巾抹干了眼泪，林惊野才缓缓睁开了眼。

"不管这种没长脑子的人说了什么话，你都不用往心里去。"林惊野安慰道，过了几秒，他冲她抬了抬下巴，笑眯眯地问道，"现在心情好点儿了吗？"

心中有暖流在翻涌，烫得她的心又热又痛。陈寂紧紧咬着唇，一时忘了回答他。

"好没好啊？"林惊野眼巴巴地凑过来问她。

陈寂下意识地向后缩了缩，抿起唇点了点头。

她把纸巾捂在眼睛上，任眼里的泪水一点点将它浸湿。

隔着湿透的纸巾，她看见了少年一张笑得灿烂的脸。

隔天上午，体育课开始前，陈寂去年级组办公室交生物作业时，注意到一个陌生的老奶奶正坐在办公室里和周围的几个老师聊天。听他们交谈，这个奶奶应该是退休前在市实验中学任教过的老教师。

陈寂敲门走进办公室，刚把生物作业交给尤萍，就看见坐在尤萍对面的班主任向她招了招手。班主任叫赵雅淑，教他们班的数学，是去年高三（1）班的班主任。

“待会儿体育课别去上了，帮我干点儿活。”赵雅淑说着，起身拿起放在办公桌上的钥匙，转身打开了储物柜的门。

“这周末的数学作业卷子，每班三十份，你帮我整理出来。”赵雅淑指了指自己办公桌左侧的空位，“这个座位今天没人，你坐这儿弄就行了。”

陈寂点头说“好”，转身把柜子里的卷子都搬到了办公桌上，然后坐在桌前开始认真整理。

“您外孙可真行，这周作文课的写作要求我忘了加上‘体裁不限，诗歌除外’，结果他就真给我交上来一首诗。”一个老师突然开口对老奶奶说。

老奶奶慈眉善目，笑眯眯地问：“写得怎么样？”

“写得挺不错的，我把诗留下了，以后找机会给他发表。还有呢，您的宝贝外孙说学校里的流浪猫全是他养的，这件事您知道吧？”

陈寂整理卷子的动作猛地一顿，抬起头循声看了过去，这才注意到说话的人是高二（16）班的班主任方茵。

原来这个慈祥的老奶奶，是林惊野的姥姥。

“我们班男生都怕他，某些爱打架惹事的、跟刺儿头似的人，平时恨不得在校园里横着走，但是一遇见流浪猫竟躲得远远的。”方茵接着说道。

“他心肠软，见不得别人对小动物不好。”姥姥耐心解释道。

“随您了呗！”方茵笑着调侃，“有文采随您，心肠软也随您。”

姥姥连忙辩解：“他那跋扈劲儿可不随我啊！”

办公室里顿时响起一阵笑声。

陈寂垂眸整理着手上的试卷，睫毛轻轻颤了颤，嘴角也跟着扬了起来。直到这一刻，她才终于明白，为什么林惊野可以成长为一个这么优秀的少年。

虽然从一出生起就得了很严重的病，虽然从小父母就不在身边，可他有一个很好的姥姥，让他能够在浓浓的爱的滋养下平安顺利地长大。

真好！

当她知道林惊野一直是被善待和被关爱着的时候，她的心里有种说不出的温暖。

在她的认知里，爱是馈赠，是礼物，是可以兑换成所有美好感受的东西。

她希望他可以永远被无尽的爱意簇拥，将收到的爱意兑换成每一天的开心，然后用这些开心，去抵挡生病带来的痛苦和不开心。

四周的笑声渐渐散去，清脆响亮的下课铃声骤然响了起来。

姥姥笑着起身，说：“你们接着忙吧！我去看一眼小野，然后就回去了。”

她刚站起来，双腿忽然僵住，不能动弹，疼得倒吸一口凉气，眼看就要站不稳了。

“您没事吧，韩姐？”周围几个老师马上围过去扶住她，焦急地询问道，“您的腿怎么了？”

“找医务室的医生过来看看吧。”一个老师提议道。

陈寂连忙放下卷子，快步走了过去，在她面前蹲下来，说：“老师，我帮您按一下，应该会好一点儿。”

赵雅淑在一旁阻止她：“你会吗？”

“我以前跟我家那边的中医学过一些按摩手法。”她说。

赵雅淑欲言又止，姥姥却温和地答应了：“行，谢谢你，小姑娘。”

陈寂回想自己的奶奶小腿抽筋时中医院的医生给奶奶按摩的手法，找准穴位，伸手帮姥姥按了起来。哪个穴位重，哪个穴位轻，医生曾经耐心细致地给她讲解过，陈寂认真地学习过，所以按摩的手法已经很娴熟了，动作也沉稳有力。

按了几分钟后，她抬起头问：“您感觉好点儿了吗？”

姥姥点头，眉开眼笑，说道：“好多了，不怎么疼了，谢谢你。”

陈寂这才站起来，揉了揉发酸的胳膊，笑着说：“不客气，老师。”

姥姥认真地打量了一下她，转头问赵雅淑：“这是你们班的学生？”

赵雅淑露出欣慰的笑容：“嗯，我们班的。”

“你叫什么名字？”姥姥问陈寂。

“陈寂，‘寂静’的‘寂’。”

“陈寂……”姥姥笑着念她的名字，眼睛眯成一条缝，夸赞道，“小姑娘真不错！”

陈寂的脸颊泛起红晕，微微垂下头，心里甜蜜蜜的。

姥姥话音刚落，办公室门口就传来了一声“妈”，韩校长在门口催促道：“司机在校门口等着呢！我让小野送您出校门，您赶紧回去歇会儿吧。”

小野——原来长辈们都是这样称呼他的。

陈寂正想着，就听见姥姥对办公室的老师们说：“那我走了。”

老师们纷纷向姥姥道别，临走前，姥姥笑盈盈地看了陈寂一眼，朝她挥了挥手。

陈寂也笑着对姥姥挥了挥手。

眼看着姥姥的身影消失在拐弯处，陈寂赶忙回到办公桌前，以最快的速度把剩下的卷子整理完毕，然后一路小跑跑到大厅走廊的玻璃窗前。她将双臂趴在窗台上，微微踮起脚，探着头俯身朝楼下望去。

秋天到了，铺满红叶的校园里，林惊野正扶着姥姥走出教学楼，陪她一起慢慢地往学校大门口走去。

天气转凉，北风卷地。陈寂看到林惊野一直紧紧地握着姥姥的手，把她细瘦孱弱的手指包裹在他温热宽大的掌心。

他的头发有些长了，额前几根漆黑的碎发微微遮了眼。姥姥伸手想要帮他整理，他立刻躬下身，双手扶着膝盖，乖乖地让姥姥拨弄，耐心地听姥姥嘱咐他要记得及时剪头发。

正午的阳光炽烈，陈寂独自站在教学楼走廊的窗台前，静静地遥望着这一幕，仿佛在观赏一幅流动的画。

少年和亲人之间相处的温馨时刻，分明与她不相干，却好像也紧紧包裹住了她，给她带来了温暖。

少年就像苍白世界里的一个彩色发光体，散发着灼热的温度，让她忍不住想要去触碰和靠近。

生活总喜欢将残酷和冷漠呈现在她的眼前，是他一次次用行动，将生活隐匿起来的温柔与善意剥离出来给她看。

是他让她相信，这个世界上仍有许多她虽未曾见到，却真实存在的美好。

她凝望着他的身影，目光越发温柔。

林惊野，请你一定要一生一世都平安快乐。

陈寂正看得出神，突然注意到林惊野侧过耳朵听姥姥说了些什么，然后他抬起头，朝她所在的方向看了过来。

陈寂一愣，目光还没来得及躲避，就与他投来的视线不偏不倚地撞了个正着。

他看到了她，蓦地笑了起来，而后朝她挥起了手。

少年明亮灿烂的笑容猝不及防地融化在陈寂的眼睛里，她感觉眼睛烫烫的，心也暖得不行。

她的嘴角扬了起来，轻轻弯起的眉眼被暖阳染上了橙黄色的光。

“我走啦！”林惊野伸手指了指校门口说。

陈寂愣怔地点了点头，目送着他转身离去，视线一直紧紧追随着他落满阳光的背影，怎么都舍不得移开。

她的眼睛蒙了水雾，窗外的景象看不真切，朦胧的视野里只剩下一团模糊晃动的明亮日光。

可林惊野比此刻正午炽烈的阳光更加耀眼、明亮。

周五的下午，学校通知所有年级利用最后两节自习课的时间进行大扫除。每个班还需要完成新学期的板报设计，学生会成员会在检查大扫除情况时对各班级板报的完成效果进行评比。

“咱班有会画板报的吗？”女班长站在讲台上问。

教室里安静片刻后，最后排的几个男生扯着嗓子喊：“没有！”

“那有谁自愿来画吗？”女班长接着问道。

“我……”易南举起手，站了起来，声音很小，“我想试试。”

“他哆嗦什么啊？”后排男生指着易南笑道。

“不会画的人把嘴闭上！”女班长冷着脸瞪了后排男生一眼，走下讲台对易南说，“那你来画吧。”

大扫除是按座位分配任务的，陈寂和高莎自然被分到了同一组，任务是擦教室前后的两块黑板。

高莎拿起抹布径自走上了讲台，陈寂见状，找了块抹布，转身走到了教室的最后一排。

擦了一会儿黑板后，陈寂注意到易南抱着一盒粉笔从自己身后走了过来。

“需要帮忙吗？”易南问她。

陈寂摇头，笑着说：“不用了。”说完，又补充道，“前半扇我马上擦完了，你先画着，不然时间来不及。”

“好。”

等陈寂把前半扇黑板擦干后，易南便站在她身侧，拿起淡粉色的粉笔，在黑板的左下角画了一朵花，然后转头问陈寂：“你觉得还可以吗？”

“嗯，好看。”看了一眼后，陈寂诚恳地夸赞，并好奇地问他，“你以前学过画画？”

“没有。”易南腼腆地笑着，连忙摇了摇头，“我爸妈比较看重学习成绩，觉得画画是不务正业，不同意我学。不过我很喜欢，所以会自己偷偷地画，不让他们发现。”他指着刚画完的那朵花，说，“这是以前惊野哥教我画的。他知道我喜欢，经常找机会教我画。”

“他会画画？”陈寂惊讶地问。

“嗯。他的画还在我们初中的艺术节上拿过奖呢！”易南点了点头，“咱们班这次板报的主题，我也是从他的那幅画里获得的灵感。”

“主题是什么？”陈寂问。

易南说：“春天。

“在那幅画里，左边是风雪、枯树和结冰的河流，右边是阳光、花草和流淌的小溪。

“惊野哥在枯枝上画了嫩芽，在寒冰上画了裂缝，而且把右边的色彩全部晕染到了左边。

“看上去就像是冬天孕育了春天，连冬雪都变成了春雪。”

陈寂听着，有些失神。

是谁的人生总处在凛冽寒冬，执着地等待着迟来的春日，只期盼终有那么一天，和暖的春光可以将漫天冰雪尽数消融呢？

“加油。”陈寂沉默了片刻，看向易南，目光温和，“你画得很好，一定要坚持下去。”

“谢谢，我会的。”易南笑着，重重地点头。

广播通知画完板报的班级在大扫除结束后进行自由活动，学生会干部负责对每个班级的大扫除情况进行检查。

班上的同学们顿时一哄而散，男生们勾肩搭背地往操场上跑，女生们三五成群地挽着胳膊去花坛的树荫下乘凉聊天。

陈寂则带上了生物笔记和卷子，独自走到夫子像旁边的凉亭里，在石凳上坐下来做题。

突然，一道阴影笼罩下来。陈寂抬起头，看见林惊野正站在她旁边，低着头认真地看她的生物笔记和卷子。

“你怎么来了？”陈寂的脸颊骤然一阵发烫，心跳也不自觉地加快了许多。

“不是自由活动吗，我来散会儿步。”说着，他又问，“你们班的板报画完了？”

“嗯。”

“画的什么主题？”

“春天。”陈寂答道。

“易南到底是多喜欢我的那幅画。”林惊野无奈地笑了起来，“他初中三年画的板报，主题都是这个。”

陈寂心里说不清是什么滋味。她忽然很羡慕易南，羡慕他在初中时就认识了林惊野。

她忍不住想，如果她也能和林惊野读同一所初中，是不是在过去的三年里，她就不会过得那么孤单、难过？

不过转念一想，现在和他相遇其实也并不晚。

毕竟未来，他们还能相处很多年。

即便来迟了，她还是有幸遇见了她的春日。

林惊野看到她在笔记上写的课代表工作注意事项，不禁抬头惊讶地问：“你是你们班的生物课代表？”

陈寂点了点头。

“挺厉害啊！”林惊野笑着感叹，笑容明亮而刺眼。

陈寂匆忙避开眼神，垂下头去看试卷。

“高一的生物题，我看看我还会不会做。”

“嗯。”陈寂应了一声，笔尖停顿在纸上，久久没动一下——被他这样盯着，她突然不知道该如何继续下笔了。

“怎么不接着写了？”他问。

陈寂的脸颊依旧很烫，撒谎道：“这道题我不太会。”

“我看看。”林惊野拿过试卷，读了一遍题目，说，“把笔给我，我给你写一下步骤。”

陈寂把笔递给他，又把面前的演算本往他身前推了推。

落日的余晖落在少年轮廓清晰的侧脸上，他手指洁白修长，骨节分明，低头做题的时候，漆黑浓密的眼睫毛垂下来，在白皙的脸颊上投下淡淡的暗影。

陈寂转过头看着他，不禁出了神。

不过片刻，林惊野便放下笔，把演算本推到她面前说：“写完了，你看看。”

“嗯？”陈寂有些茫然地回过神来，“好……谢谢学长。”

林惊野扑哧一声笑了：“叫我全名行吗，学妹？”

陈寂也笑了：“好。”说完，她下意识地把他写的这页纸从演算本上轻轻地撕了下来，正要收起来时，她才想起来他在身边，于是连忙解释：“这个题型我不太会，想把它夹到笔记里，留着以后看。”

林惊野却把纸拿过来，再次拿起笔，在草稿纸的上方写下了“周测卷第 15 题，林惊野”这样一行字。

“我把我的名字写在上面，这样便于区分，也不容易丢。”

“谢谢。”陈寂向他道着谢，视线不自觉地停留在那一行娟秀有力的字上。

他写的字真的很好看。

“不客气。”他笑着说，“对了，昨天我姥姥在我面前夸你了，说你一看就是当医生的料。

“我问她，您一个教语文的，还能看出来人家是当医生的料？

“她说你看起来文文静静的，骨子里却有一股临危不乱的冷静劲儿。其实向聪被卡住喉咙那次我也有这种感觉，觉得你未来肯定会成为一个特别优秀的医生。”

林惊野说的每一个字都重重地落在了陈寂的心上。

她没有想到，他姥姥会跟他说这些，更没有想到他们会如此赞赏她。

“有些人生来就是要实现梦想的，你相不相信？”他笑着问她，语气无比坚定。

陈寂的睫毛颤抖了一下，指尖下意识地在手边的生物试卷的边缘处轻轻摩挲了几下。她的心因为他的一番话而变得柔软、滚烫。

“对了，未来学医的话，你想考哪所大学？医科大，还是B大医学部？”他接着问。

“我……还没想好。你呢？”陈寂摇了摇头。

“S大或者R大吧，我挺想去B市的。”他说。

B市……

“野哥！原来你在这儿呢！”突然，一个男生朝他们跑了过来，一边喘着粗气，一边说，“路昊宇在咱班找碴儿呢，非说我画的板报不合格。你赶紧来给我主持公道。”

“行。”林惊野说完，转头看向她，“那我先走了。”

陈寂点了点头，向他挥手道别。

在目送林惊野离开后，陈寂忙小心翼翼地把躺在桌上的黑色水笔拿了起来。笔身被他握过的地方还留有余温，少年动笔认真做题的样子清晰地浮现在她的眼前。

刚刚他说，有些人生来就是要实现梦想的，问她相不相信。

刚刚他还说，他想去B市。曾经的陈寂，心里唯一的愿望，不过是逃离那个让她感觉不开心的家，然后找一个城市独自生活，并付出自己最大的努力成为一名很好的医生。

如今她的梦想不但没有改变，反而因为他的肯定和鼓励变得更加鲜活坚定起来。唯一不同的是，现在的她好像突然变得有些贪心——她不再甘心独自前往远方，独自去实现梦想。

虽然她心里明白，每个人都有属于自己的路要走。

她也知道每个人都是独立的个体，需要独自完成每一次的人生选择，独自生活在自己人生的运行轨迹里。

然而这一次，她却万分贪心，希望自己未来生活的世界，和林惊野未来生活的世界，可以永远有那么一处地方，重叠、交织在一起。

第六章 熄灭于心尖的光芒

周末，陈寂在宿舍接到了爸爸的电话，他说自己请了假来市里看她，约她在学校西门的一家饭店见面。

自从出生以来，陈寂对爸爸一直很陌生，随着她慢慢长大，这种陌生感渐渐演变成了言语举止间的疏离。

其实和脾气火暴的妈妈相比，她从小就更喜欢性格温厚的爸爸。比如在妈妈因为奶奶说的某句不顺耳的话而和他大吵大闹时，他总是会及时休战，对妈妈说“你考虑一下小寂的感受”。

安安出事那天，全家人都乱了阵脚。她跑过去想要帮忙，却被爸爸用很大的力气一把推倒在地上。

对此，她告诉自己不要放在心上，爸爸推她这一下是人在紧急情况下的本能反应而已。可不知道为什么，即使爸爸后来和她说过相信她，这件事不怪她，也不让奶奶和陈芷婷总是拿这件事来针对她，她还是在心里和他有了隔阂。

或许是因为，那一推，让她之前小心翼翼地一点点收集的关于爸爸爱她的证据，全然没有了说服力。

后来爸爸被调去了外地工作，很少回家，偶尔给家里打电话，也是只给奶奶打。奶奶总让她主动打电话给爸爸，可她每次都不知道该说点儿什么。父女二人在电话两端各自沉默，直到其中一方终于找到一个合适的理由挂断电话，这种尴尬又诡异的气氛才结束。

陈寂来到约好的饭店门口，心中一阵忐忑，在深吸了一口气后，她推门走了进去。

爸爸正坐在靠窗的位子上，目光捕捉到她的身影，立刻起身对她招了招手。陈寂走过去在他对面坐下，然后露出一个略显生硬的笑容。

爸爸喊了服务员过来，拿起菜单开始点菜。陈寂垂着头，默默伸手撕开消毒餐具的塑料薄膜。

点完菜后，两人各自低头喝水，谁都没有说话。

终于，爸爸开口打破了沉默："新学校还适应吗？和同学相处得怎么样？"

"挺好的。"陈寂回答。

她一向这样，永远闭口不言心里的委屈。她不是不懂得如何去诉说委屈，只是，她从来不知道该把委屈诉说给谁听。

饭菜很快被端上了桌，两个人安静地吃着饭，一时又无话了。

"大学想去哪儿读？自己心里有想法吗？"爸爸忽然抬起头问。

"B 市。"她不假思索，脱口而出。

"B 市？想学什么专业？"

“学医。”

爸爸一愣，沉默片刻后说：“学医挺累的。”

“我不怕累。”陈寂停下筷子，神情严肃又笃定地说道。

“也是。”爸爸笑了笑，说道，“当医生累是累了点儿，但的确是个很有意义的工作，累也很值得。”

累也很值得……在听到爸爸说出这句话时，陈寂一时间有些恍惚，不禁陷入了沉思。

医生这份工作，累也很值得，因为可以凭借自己的力量帮助很多人。而且，这份工作可以帮助他。

她希望能够尽自己最大的努力去从事一份有意义的工作，她也希望能够尽自己最大的努力去为林惊野做点儿什么。

虽然他一直在说自己很幸运，可他越是这样说，她的心里就越难过。

他那么好，为什么要不停地做手术、吃药，反复地被无休无止的病痛困扰和折磨？

她希望所有不好的事情都可以远离他。

她希望他永远平安健康，永远恣意快乐，她希望他的人生再也不会出现任何让他感觉痛苦无力的时刻。

“好好学，等大学开学的时候，爸送你去B市。

“我再多存点儿钱，到时候咱们俩提前几天去，你带爸爸去看看故宫和长城。”

听了爸爸的话，陈寂的心情难得放松下来，和他单独相处的拘谨瞬间少了许多。

她轻轻扬起了嘴角，含着笑点了点头。

吃完午饭后，陈寂得知爸爸买了今天傍晚回去的车票。看了眼时间后，陈寂就催促他赶快去车站等车。爸爸却说不急，转而带她去了附近的一家商店，说想给她选一条围巾。

“过不了多久就该入冬了，给你买条围巾。”

陈寂开口拒绝，他却坚持要给她买。

灯光明亮的商店里，陈寂的目光落在了置物台上整齐叠放的几款灰棕色调的围巾上，爸爸却伸手指了指旁边的一条印着简笔花朵图案的淡粉色薄绒围巾。

“这条好看。”他说。

“这条是最新款的，保暖效果特别好，而且戴着不会感觉厚重，初春也能戴。冬天在脖子上绕两圈，保暖效果更好。”店员走过来热情地介绍道。

“就这条吧。喜欢吗？”爸爸问她。

“嗯。”陈寂回答说。

买完了围巾，陈寂就送爸爸去了车站。走在回学校的路上，陈寂才突然想起今天临时加了晚自习。

眼看时间就要来不及了，她一边低头看手表，一边往学校飞奔。在跑到路口的拐角处时，她一不留神，差点儿和一辆正转弯驶来的自行车迎面撞上。

林惊野猛地刹车，看清眼前的人是她后，嘴角扬起了无奈的笑：“你这么急吗？”

“我们班加了晚自习，我快迟到了。”看清是林惊野后，陈寂愣了一下，才解释。

“我载你吧！”林惊野说道，“上车。”

陈寂愣怔了一下，但没有拒绝，坐到了他的自行车后座上。

“东西给我。”林惊野转头对她说。

陈寂把手里的袋子递给他。

林惊野把牛皮纸袋放进车筐里，不经意地朝里面瞥了一眼，笑着问道：“你这么早就买围巾了？”

“我爸给我买的。”

“很好看。”他说，“上面的图案让我想起了看过的一句话，‘春天的花，是冬天的梦’。”陈寂正听得出神，林惊野的声音却再次传了过来：“下坡了，抓紧我。”

车速猛地加快，陈寂没来得及反应，双手便本能地迅速抓紧了林惊野卫衣两侧的边缘，心脏随着这飞快的车速扑通扑通剧烈地跳个不停。

“林惊野！你慢点儿骑！”她担心他的心脏会受不了，情急之下大声冲他喊。

“遵命，陈医生。”林惊野脸上带着笑，回头看了她一眼，故意拖着长音回应道。

陈寂紧紧抓着他的卫衣衣角，脸颊被夕阳映照得绯红滚烫。晚风呼呼地吹过她的耳畔，将她的心湖吹乱，荡起一圈圈温柔的涟漪。

她侧过头，悄悄地看了身前男孩子的侧脸一眼，她睫毛轻轻扑闪，嘴唇微微抿起，上扬的弧度越来越明显。

她的人生似乎总在冬天，可枯枝上有嫩芽，寒冰上有裂缝，春日的阳光也照射了进来，她的冬天早就被染上了别样的色彩。

林惊野，你永远都不会知道，你从天而降般闯进我的世界，就轻而易举地成了我生命里唯一拥有过的春天。

第二天上午，周一的班会课上，赵雅淑要求班里的每一个同学在板报“我的志愿”这一栏里写下自己的高考目标院校。

教室里顿时喧闹起来，同学们交头接耳，兴致勃勃地互相询问对方想要考哪所大学。

陈寂沉默不语，第一个起身走到黑板前，拿起粉笔，毫不迟疑地在上面写下了“B 市大学医学部”几个大字。

身后嘈杂的世界仿佛被消了音，陈寂心中柔软而宁静，记忆定格在那个霞光铺满天际的傍晚——少年俯身站在她身侧，目光清澈，好奇地询问她打算去哪里读大学。

以前，每当思考这个问题的时候，她都觉得自己仿佛浩瀚宇宙中的一个微小天体，漫无目的地找寻着属于自己的航行轨迹，茫然又孤寂。

然而那一天，在听到他说出“B 市”的那一刻，她好像突然看清了未来属于自己的生命航线——林惊野，我想和你一起去 B 市。我想循着你的航行轨迹，永远和你的宇宙有所交集。

下课后，赵雅淑将易南叫到讲台前，嘱咐他收集一些语言优美的好词好句，用彩色粉笔将它们写在板报的边缘位置用作装饰。

陈寂从后门出去接开水时，注意到易南正拿着粉笔愁眉苦脸地站在黑板前。

“陈寂，”易南转头喊住她，“你有什么喜欢的句子吗？诗歌里的句子，或者名人名言都可以。还差一句，我实在想不出来了。”

陈寂停下脚步，目光落在了板报角落里那朵淡粉色的花上，而后眉眼温柔地弯起，点了点头。

“太好了！”易南忙把粉笔递给她，“你来写。”

陈寂握紧粉笔走上前，在花的正上方，认真地写下了那天林惊野对她说过的那句话：“春天的花，是冬天的梦。”

林惊野，你知道吗？

荒芜孤寂的漫长冬日里，你是我唯一想要拥抱的那个春天。

国庆节放假七天，陈寂回了趟家，陈芷婷也放了假待在家里。

市实验中学通知返校后将课间操的形式改为跑操，返校当天会有市教委的领导来检查，每个学生都必须穿全套校服，而且统一穿白鞋。

陈寂没有白色的鞋。

饭桌上，陈寂向奶奶提起了这件事：“我想买一双新鞋。”

“又不是没鞋穿，买鞋干吗？”

“学校规定跑操必须统一穿白鞋。”陈寂解释道。

“你们学校破规矩真多！”奶奶往陈芷婷碗里夹了一筷子菜，“婷婷，你不是有双白鞋吗？借你姐穿一天，省得她还得花钱买。”

“她穿完我还怎么穿啊？！她的脚那么臭，我可不想我的鞋被污染！”陈芷婷不满地说着，忽然眨了眨眼睛，“除非你答应再给我买一双新的。”

“你看看鞋柜里有多少双你的鞋了，还买！”奶奶嗔怪道，“算了，一会儿我去柜子里翻翻，看有没有旧的白鞋，给你姐姐穿。”

陈寂闻言，没再说话。

饭后，奶奶从门厅的鞋柜里翻出一双鞋递给陈寂：“这双鞋是你姑的，还挺好的呢，你穿吧。”

陈寂皱眉看着她手里的鞋，这分明是一双内增高鞋。这样的鞋怎么跑操？

可她没说什么，默默地接过了鞋。

假期结束，陈寂穿着这双内增高鞋返回学校。她很不习惯穿这样的鞋，好几次都差点儿崴到脚。她努力放慢步子，终于小心翼翼地挪到了班级门口。

班里异常热闹，因为新转来了一个女生。女生很漂亮，皮肤白净，五官标致，天生的褐色长发扎成了高马尾，松垮的蓝白校服穿在她的身上，也瞬间变得清丽好看起来。

上课铃声响起，赵雅淑拿着教具走进了教室，她让新来的女生向大家做了自我介绍。女生名叫闻灵，是从隔壁高中转来的，中考分数全市第一，初中毕业于七中。

再次听到“七中”这个字眼，陈寂翻动书页的手指一颤，指尖瞬间被书页边缘划开了一道小口子，疼得她惊呼了一声。

不知道为什么，她潜意识里觉得，闻灵和林惊野一定是认识的。

或许是因为在她的固有印象里，同一所学校成绩好的学生之间就应该互相认识，更何况是同样成绩好又长得好看的……

陈寂这样想着，飘远的思绪被闻灵接连的几个喷嚏拉了回来。

她应该是感冒了，说话时嗓音明显沙哑，听上去感冒的程度不轻。

闻灵不好意思地和大家道了歉，很快结束了自我介绍，回到了自己的座位上。

“之前总有人说，咱们学校的高一、高二连个‘校花’都没有，前几届还有叶潇和夏茉呢！”高莎转过头，朝身后的女生兴奋地挑了下眉，“这不就有了吗？”

陈寂垂头看着书，视线从纸页缓缓地移到自己刚刚被划开的小口子上，心中莫名涌上了一股酸涩。

讲台上，赵雅淑拿起粉笔开始讲题了，陈寂翻开手边的笔记本，然后抬起头，强迫自己把注意力集中在黑板上。

大课间开始后，陈寂独自走到操场的班级队伍里，和班上的同学一起听从体育委员的命令排队。等到各个班级排好队后，音乐伴奏响起，班级队列立刻跟随音乐向前跑了起来。

陈寂穿着增高鞋吃力地迈步，她强忍着脚下的不适，紧跟上班级队伍的速度，却在转弯时不小心踩到一块石头，脚猛地一崴，整个人直直地扑倒在了地上。

剧痛从膝盖处蔓延开来，撑在地面上的手掌也擦破了皮，她咬着唇，努力想依靠自己的力量站起来，却只是徒劳。

耳边是纷至沓来的脚步声，身侧有几个人在经过她时脚步顿了顿，却只是看了她一眼，然后马上转过头去，并没有要停下来扶她的意思。

她紧抿着唇，掌心按住地面，费力地凭借双臂的力量站了起来，然后转身，忍着腿上的剧痛，一瘸一拐地离开人群，朝医务室走去。

只是没有想到，她刚走到医务室门口，一个高大熟悉的身影便蓦然出现在她的眼前。

林惊野穿着一身校服，正双手插兜地倚在墙边，听到推门的动静，他转头向她投去了视线。

目光相撞的一瞬间，陈寂的眼眶倏地一热，烫得她心里发疼。

就像一个人在冰天雪地里艰难地走了许久，眼前白茫茫一片，仿佛看不到尽头，却在抬眼间突然望见了一轮太阳，那刺眼的光芒毫不吝啬地洒在她的身上，那么温暖。

“你怎么在这儿？不舒服吗？”陈寂带着重重的鼻音，主动问他。

“我没事。我一个朋友生病了，过来给她拿点儿药。”向她解释完，他又问，“你呢？”

“我……刚才摔倒了，腿有点儿疼，来看一下。”她咬着唇回答。

“怎么摔的？”

“刚刚跑操的时候……我穿了增高鞋。”

“穿增高鞋跑步？”林惊野讶异地问道。

“在家里随便穿的，不知道跑步会崴脚。”陈寂尴尬地笑了笑。说完，她慢慢地走到病床前坐下。

这时，护士推着治疗车走到她身边，对她说：“自己把裤子挽起来。”

陈寂俯身挽起校服裤脚，把血迹斑斑的膝盖露了出来。她正安静地等待护士给自己上药，怀里突然被扔进了一颗糖。

“正好带了一颗。”对面的少年说。

陈寂看着怀里的“阿尔卑斯”糖，抿起唇笑了，眼睛却有点儿发酸。

“谢谢。”

她轻轻撕开包装纸，把糖含在嘴里，浓郁的草莓牛奶味在她的口腔里顷刻间蔓延开——很甜。

“穿增高鞋跑步，你不摔谁摔！”护士一边厉声责怪她，一边用镊子夹着棉球，动作麻利地在她的伤口上涂抹着酒精。

林惊野搭腔：“就是。姐，遇见这样的，你就该使劲儿涂，让她长长记性。”

陈寂委屈巴巴地抬头瞪他，膝盖上的伤口却被护士用沾着药水的棉签用力一按，顷刻间，她疼得眼泪差点儿涌了出来。

她悻悻地垂下眼，泪珠挂在了睫毛上。

“我开玩笑的……姐，你轻点儿。”林惊野见她像是要哭，忙对护士说道。

护士瞪了他一眼：“怎么这么多话？要不你来？”

陈寂的心蓦地一紧。

“我哪儿有你专业啊？”林惊野摆了摆手，“我不说话了，你继续。”

护士给陈寂上完药后，从药柜里取出几盒药递给了林惊野：“给，你要的药。”

林惊野一边拿着药盒上下打量，一边问：“用法在哪儿啊？”

“中间这种胶囊早、中、晚各两粒，另外两盒是消炎的，早、晚饭后各一片。”护士指着他手里的药盒说。

“有笔吗？我写一下。”

护士把插在上衣口袋里的黑色水笔递给他：“大学霸这点儿东西都记不住？”

林惊野耸耸肩，默认了，没有争辩。

陈寂和林惊野一起从医务室走出来时，外头寒风呼啸，忽然有片片雪花落下。

“今天太冷了吧！”林惊野说着，抖了下肩，把校服袖口用力往下拉了拉。

“你可以把药放进我的帽子里，这样就不会冻着手了。”陈寂捏起自己连衣帽的边缘，眨了眨眼微笑着说。

林惊野一愣，笑着问：“你是怎么想到的？”

陈寂笑容恬静，没有回答他。

她没有办法告诉林惊野，因为她的帽子里曾经被塞满过废纸团。

当时她毫无察觉地从教室门口走到操场做课间操，周围的人都看着她在笑，而她对他们笑的缘由一无所知。

她甚至在想，是不是她错过了什么笑话，如果她不笑会不会显得很不合群。于是，她也轻轻扬起了嘴角，周围的人却笑得更厉害了。

直到她回家脱掉外套，才发现背后的帽子里竟是塞得满满当当的废纸团。

她忽然想，在这一整天的时间里，如果有人提醒她一下就好了。哪怕只有一个人提醒她，她都不会被所有人嘲笑一整天。

可惜，没有那个人。

她紧紧捏着帽子的边缘，一直没有松手，正出神，帽子突然被扣在了头上。

林惊野没有把手里的药袋放进她的帽子里，而是伸手把帽子给她戴上了。

“帽子是用来戴的。”少年的笑容明亮得刺眼，“这么冷的天，我这衣服没帽子就算了，你有帽子都不戴，想什么呢？”

陈寂愣愣地望着他，眼睛有点儿发酸，傻傻地笑了起来。

雪势渐大，他们并肩走在回教学楼的路上，在雪地里踩出“咯吱咯吱”的声响。

陈寂的膝盖还在疼，走得有些吃力。林惊野也不急，放慢步子，转过头和她聊天。不知不觉间，两人就走到了通往文理科教学楼的岔路口。

“能帮我个忙吗？”分别前，林惊野突然把手里的药袋递给她，“帮我把这袋药给你们班的闻灵。”

陈寂僵在原地，动作迟缓地伸手接过了药。

“谢了。”林惊野冲她笑了笑，然后双手插进校服口袋，转过身大步朝文科楼走去。

陈寂愣怔地看到他离开的背影，拎着药袋的手指下意识蜷曲收紧。

她的眼前不由自主地浮现出刚刚在医务室里，林惊野拿着药盒读说明书，看保质期，并向护士姐姐询问用药方法时无比认真的样子。

她的大脑突然一片空白，感觉透不过气来，只觉得风雪如刀刃，锋利刺骨，一下下用力地扎在她的心上。

陈寂被冻得几乎失了知觉，魂不守舍地往教学楼里走。刚走到教室门口，她就看见高莎正和两个隔壁班的女生聚在对面的窗台前热火朝天地聊天。

“林惊野真的和闻灵从小就认识啊？”

“是真的，我可以做证！”

“我小学和初中都跟闻灵同班，林惊野从小学开始就和闻灵玩得很好，经常来找她。”

…………

陈寂越过她们走进教室，捏紧塑料袋，朝闻灵的座位走了过去。她把袋子放在闻灵的桌上：“林惊野给你的。”

闻言，闻灵座位周围的女生纷纷把目光投了过来。陈寂只当什么都没看见，默默走回自己的座位上坐下。

她抱起双臂，侧过头面向墙壁，趴在了桌子上。

原来他和闻灵从小就认识。

原来他和闻灵一直玩得很好。

其实，这本是一件没什么好意外的事。

闻灵长得那么漂亮，气质落落大方，成绩又那么好，有那么多人想和她交朋友，凭什么林惊野不能？

上课铃声响起，高莎从教室门口走回自己的座位上。陈寂伸出一只手去摸桌肚里的纸巾，匆忙将脸上的鼻涕和眼泪擦了擦，然后若无其事地直起身，又从手边的一摞书中把昨天留的生物试卷抽了出来。

尤萍踩着高跟鞋，风风火火地走了进来，刚进门便说：“把昨天留的卷子拿出来。

“最后一道大题，陈寂，你来说一下答题思路。”

陈寂站起来才发现，这道题目自己昨晚刚好忘记做了，于是低下头不说话。

尤萍顿了顿，接着喊：“闻灵。”

闻灵站起来，准确流利地讲出了完整的解题步骤。

教室里瞬间响起了热烈的鼓掌声和欢呼声。

尤萍没有允许陈寂坐下，她只能一直站在原位。膝盖上的擦伤依旧火辣辣地疼，陈寂却突然觉得，疼一点儿也没什么不好。

疼一点儿，人才能更清醒。

“我看你今天不在状态。”尤萍瞥了陈寂一眼，厉声说道，“下次注意点，坐下吧。”

陈寂吃力地坐下，低着头，心不在焉地盯着试卷。

身边的两个男生正用书挡着脸在小声聊天，窗外一阵狂风涌入，陈寂夹在生物笔记里那张林惊野写过的草稿纸突然被风卷走，轻飘飘地落到了她身边那个男生的脚边。男生却毫无察觉，一脚踩了上去。

陈寂心里一急，轻轻扯了一下那个男生的袖子，礼貌地询问：“可以帮我捡一下你踩到的纸吗？”

男生原本正聊得起劲儿，被陈寂打断后，微微一愣，但还是低头帮她把草稿纸捡了起来，却没注意到桌肚翘起的尖角，在抬头时猛地磕了一下。

“咝——”男生捂着额头皱了皱眉，冷着脸把草稿纸扔给了她。

“谢谢。”陈寂说，又问，“你没事吧？”

“没事。”男生冷淡地说道。

“下课后用不用我陪你去医务室看……”

“不用。”他打断道。

和他同桌的那个男生一脸坏笑地凑到他身边：“欸，人家都主动说陪你去医务室了……”

“起开！”男生冷冷地说道。

两个男生的说话声很小，却还是格外清晰地传入了陈寂的耳朵里。

陈寂拿着草稿纸的手顿了顿，而后只当没听到，眼睛微垂，目光落到草稿纸上。

纸上写着“林惊野”三个大字和几行解题步骤。那天傍晚在凉亭里，他笑盈盈地对她说：“我把我的名字写在上面，这样便于区分，也不容易丢。”

纸张被踩上了脚印，陈寂没再继续听课，而是用手一点儿一点儿地擦拭纸上脏兮兮的泥渍。泪水在眼眶里打转，一不小心掉落下来，将白纸上笔迹娟秀的“林惊野”三个大字晕染得模糊不清。

除了那张祈愿卡，这是林惊野唯一给过她的让她可以珍藏的东西。

即便是唯一珍藏的东西，却也还是如此难以保全。

陈寂含着泪，把手里的纸张揉皱，团成一团，扔进了脚边的垃圾桶里。

她告诉自己，陈寂，从今天开始，你不要再去想林惊野了。

晚自习结束后，陈寂照例负责锁门，最后一个离开教室。

夜里，雪下得更大了，冷风灌入肺里，扑面而来的寒气冻得人直打哆嗦。

眼镜片被白茫茫的雾气覆盖，陈寂眼前的视野变得模糊。她深一脚浅一脚地踩在雪地里，没有用手去擦镜片，就这样在迷蒙的夜色中艰难前行。

走到宿舍楼下时，她猝不及防地和一个高大的身影迎面相撞，差点儿摔倒。对面的人伸手抓住她的胳膊，稳稳地扶住了她。

“陈寂！”林惊野惊讶地叫她的名字。

陈寂愣在原地。她看不清眼前人的样子，却在听到熟悉的声音后，浑身像触电一般。

她应了一声后，马上挣脱了他扶住自己的手。

“你能帮我喊一下闻灵吗？我找她有事。”

“你自己喊。”陈寂闷头匆匆往前走。

“我进不去。”林惊野几步走到她面前，将她的去路挡得严严实实，“帮个忙。”

“我帮不了。”见他不肯让路，陈寂伸手推开他，目不斜视地继续往前走。

可她还没走出几步，身后忽然传来一个女生焦急关切的询问声：“同学，你没事吧？同学？”

陈寂猛地转过头，只见林惊野紧锁着眉头，用手捂住心脏，神情痛苦地微微躬下了身。

“林惊野！”陈寂只感觉大脑嗡的一声响，她飞快地跑过去，声音发颤，几乎带着哭腔问，“带药了吗？”

林惊野咬着干涩发白的唇，吃力地点了点头。

陈寂匆忙去摸他的校服口袋，颤抖着手把里面的药瓶拿出来，然后拧开瓶盖，迅速倒出两粒药放进他的手心，注视着他缓缓抬手把药塞进嘴里。

“好点儿了吗？”她轻声问。

林惊野点了点头。

“对不起，我去帮你喊闻灵，你别急。”

陈寂含住泪，强忍着哽咽说出了这句话，却还是在转过身时，落下泪来。

夜里，寝室熄灯后，陈寂很早就躺在了床上。高莎和尹佳珊一直在洗漱和收拾东西，等到宿管阿姨来查寝才爬上床。

“听说林惊野今晚来咱们宿舍楼找闻灵了，就一直在楼下挨着冻等她，喊了她好几遍，但她就是不下楼。”尹佳珊突然说。

“我真不太理解，你说闻灵和林惊野到底是不是好朋友啊？”高莎纳闷儿地问道，“他俩不是青梅竹马吗？但为什么闻灵对林惊野态度那么冷漠啊？”

“校花嘛，多少得表现得高贵矜持点儿。”尹佳珊挑了挑眉，语气轻快地说。

“对了，我刚才在水房洗衣服的时候，听见一个别的寝室的人说……”尹佳珊话说了一半突然停下。

寝室里瞬间安静下来，鸦雀无声。

“她肯定睡着了，你说吧。”高莎说。

“我听说，林惊野刚刚在楼下让她帮忙喊一下闻灵，她没答应。”尹佳珊继续把话说完。

“她为什么不答应？”高莎问，“难不成她讨厌闻灵？”

尹佳珊撇嘴笑了，像是听到什么很好笑的笑话：“不能吧！她不至于连这么点儿自知之明都没有。她凭什么讨厌闻灵？闻灵这么好。”

“那她为什么啊？”

“嫉妒闻灵呗！今天生物课上，闻灵不是抢了她的风头吗？这种人真自私！”

“她不自私，能害死她亲弟弟？”

“她弟弟那件事，具体怎么回事？”

“她堂妹说，她喂她弟弟吃东西，故意把她弟弟呛死了。逢年过节他们全家一起去给她弟弟烧纸，她每次都面无表情，连眼泪都没掉过。”

“天哪……怎么会有这种人！真是自私又心坏，太恶心了！”

陈寂睁眼静静地看着床侧的墙壁，没有发出一丁点儿声音。

她的脑海中莫名浮现出一个情景：

安安生日那天，细雨绵绵的墓园里，在她去扔垃圾的间隙，少年站立在安安的墓前，垂着眼睛笑容和煦地对安安说了两句话。

他说——

“生日快乐。

“还有，你姐很爱你。”

陈寂的眼泪无声地涌了出来，顺着眼角一滴滴流进耳朵里，又凉又痒。她哭得身体颤抖，可她极力忍住，不让喉咙里发出的呜咽声传出来，她不想被她们之中的任何一个人听到。

没有人肯听她解释。

所有人都讨厌她。

只有他是不一样的。

只有他一直对她很好。

只有他对她说过，你没有错，即使有很多人不喜欢你，你也没有错。

只有他。

可是，那又能怎么样呢？

她自以为紧紧抓住了一个可以将她的人生彻底点亮的人，可到头来，不过是一场空。

其实，她宁愿他和别人是一样的。

这样的话，她的心就一定不会这么痛了。

第七章
再疼的伤口都会好的

第二天上午，生物课开始前，陈寂去年级组办公室取试卷。刚走到办公室门口，她就听见里面传来尤萍和赵雅淑的说话声。

“你们班新转来的那个闻灵，成绩相当不错啊！当时中考完怎么没直接把她招进来？”

“韩校长和我提过这件事，说那孩子一开始想出国，隔壁的高中不是有双语班嘛，她就去那儿读了。不过她好像不太适应隔壁学校的教学方式，所以才转了过来。”

“恭喜了，今年清北学苗又多了一个。”尤萍说，“对了，我正好想换个课代表，让闻灵当我的生物课代表，你看行吗？”

“陈寂干活儿你不满意？”

“那孩子，成绩是不错，但是好像不擅长和同学打交道。我已经和她聊过了。”尤萍半开玩笑地说，“反正闻灵已经是我的新课代表了，我就是告诉你一声。”

“行。”赵雅淑无奈地笑了笑。

陈寂敲了下门，得到应允后推门走到尤萍的办公桌前：“老师，我来拿今天上课要用的卷子。”

尤萍把手边的一沓卷子递给她：“去把闻灵叫过来。”

“好。”

上课铃声响起时，尤萍和闻灵一前一后走进了教室。

尤萍刚走上讲台，就宣布了由闻灵来担任新的生物课代表这个消息。

陈寂坐在座位上，胸口微微起伏，蜷起的手指不自觉地收拢，最终又无力地松开。

课间，陈寂把没来得及发下去的试卷交给了闻灵，又跟她讲了课代表工作的一些注意事项。

闻灵认真地听着，还拿起笔把陈寂说过的话一五一十地记在了笔记本上。陈寂这才注意到，闻灵写的字格外漂亮，和林惊野的字一样，也是行楷。

陈寂交代完所有注意事项后，闻灵礼貌地朝她微笑着说：“谢谢。”

“不客气。”陈寂勉强挤出一个笑容回应她，然后马上转身离开。

她不知道自己刚刚和闻灵说话时的表情是什么样的，一定很难看吧。

闻灵大概会觉得她这个人很小心眼儿，因为被撤了职而心怀不满，所以才对自己态度这么冷淡。

随她怎么想吧，不重要了。

下午放学后，陈寂去开水间接水。刚拧开水龙头，她就注意到窗外的树荫下，闻灵和林惊野正站在一起聊天。

她愣怔地看着这一幕。

透明玻璃窗上映照出她身穿肥大冬季校服的臃肿轮廓，与窗外的闻灵相比，无疑是云泥之别。

陈寂这才恍然发现，原来曾经的自己是多么不自量力。

偶然有了与他相识的缘分，偶然在他看向自己的眼睛里捕捉到了些许光亮，偶然得到了他出于礼貌和教养的善待与照拂，她就全然忘记了他们之间客观存在的差距，忘记了他是那个明亮耀眼的林惊野，是那个被很多人簇拥的林惊野。而她是陈寂，是那个最渺小而普通的陈寂，是那个有着无数糟糕缺点的陈寂，是那个不被人喜欢的陈寂……

开水不知不觉间已接满，陈寂忘了关水龙头，水从杯口溢出来，她下意识去抓杯壁，却被开水烫得猛地缩回了手。

怎么会这么烫？她只是轻轻碰了一下，就瞬间被烫红了眼眶。

“陈寂，你没事吧？”易南正好也过来接水，看到她通红的眼眶，惊讶地询问道，“你怎么了……你被烫到了吗？”

“嗯。”陈寂淡淡地说道，“没事。”

“你今天心情不好吗？”易南有些犹豫地问，“因为……闻灵当生物课代表的事？”

陈寂陷入了沉默，不知该如何回答。

“其实你真的已经做得很好了，只是闻灵实在太厉害了。读初中时，她在我隔壁班，那时候她就总考年级第一，还是他们班的学习委员……”

陈寂努力扯出一个好奇的表情问易南：“听说林惊野从初中起就很关照她，是真的吗？”

“这个我不太清楚，不过听说惊野哥一直挺照顾她的。

“陈寂，你……你怎么哭了？”

“没、没事。”陈寂连忙用手抹了把眼泪，仓促地笑了笑，有些不好意思地向他解释，“手被烫疼了。”

“要去医务室吗？”

陈寂摇头：“不用了。”

不用去医务室了，伤口会好的。她相信，总有那么一天，再疼的伤口都会好的。

期末考试结束后，陈寂拖着行李箱回了家。她的期末成绩还不错，年级第二名，闻灵考了年级第一名。

假期里，陈寂经常去附近的菜店买菜，老板娘找不开零钱的时候，总会推出一盒糖，让她从里面随便拿几颗。

陈寂每次拿糖的时候，都会刻意避开草莓牛奶味的“阿尔卑斯”糖。

只是一颗糖而已，她却在心里跟自己暗暗较劲儿，好像只要她拿了这颗草莓牛奶味的“阿尔卑斯”糖，她就会输掉自己的全部一样。

陈芷婷也从自己的朋友那里听说了林惊野和闻灵的事，每当陈寂坐在书桌前写作业时，总是能听见陈芷婷在电话里和对方说起他们两个人。

“真的吗？都有谁在啊？”

“我、莎莎、珊珊、闻灵……还有路昊宇和林惊野。”

“那我也去，你等着我！”

元宵节的晚上，陈芷婷刚挂断电话，就急匆匆地跑到奶奶的卧室，拽着奶奶的胳膊撒起娇来。

“奶奶，我想去市中心广场看烟花，我们班好多同学都在！我肯定早点儿回来。您就让我去吧，行吗？”

“都这么晚了，你自己去肯定不行，要去也得我跟你一起去。”

“您要是不嫌累，就跟着呗！”陈芷婷不情愿地说。

“你去吗？”奶奶站在卧室门口冷冷地问陈寂。

“不去了，我要写作业。”陈寂淡淡地说。

陈芷婷白了她一眼，转身去拉奶奶：“别管她了，咱们快走吧！”

她们离开没多久，窗外就陆续有焰火升起。

陈寂扭头看向窗外，空荡的街道单调孤寂，马路上偶尔有车辆飞驰而过，车灯转瞬即逝，眨眼间便没入漆黑的深夜中。

合家团圆的盛大节日里，只剩她一个人待在空荡荡的房间里。

她缓缓地转回头，放下手中的笔，弯腰将电脑主机打开，然后拖动鼠标点进市实验中学的贴吧。

一个同学刚刚发布了一条分享市中心广场烟花秀的帖子，帖子里有很多张照片。陈寂在这些照片里看到了林惊野，也看到了闻灵。

她翻开手边的日记本，在上面写下了闻灵的名字，又写下了闻灵这次期末考试每一科的分数。

她的物、化、生成绩都比闻灵高，只要在语、数、外每科上再提高几分，就可以超过闻灵了。

然后呢？在其他方面呢？

陈寂倏地起身，跑到卫生间洗漱台上方的镜子前，仔细地观察自己的长相。

她身体里的药物激素还没有消去，脸颊和手臂依旧浮肿。她的眼睛不小，双眼皮的褶皱很深，眼睫毛也很浓密。——如果脸不这么肿的话，是不是眼睛就会显得更大一点儿？

她从小留短发，年后没有修剪，如今的头发半长不短，发梢外翻，像植物的嫩芽。细碎凌乱的刘海儿贴在额头上，很丑。——如果不留刘海儿，再扎起长发，是不是看上去就不会这么丑了？

陈寂认真地评判自己的脸，脑海里有一个十分清晰、明确的用来比对的参照——闻灵。

这是第一次，她有了得失心，有了胜负欲，开始不自量力地在心里对林惊野说——

我可以努力变得更好的。

我会很努力，可我需要时间。我也需要你，再等等我。

陈寂静静地看着镜子里那张既熟悉又陌生的脸，眼睛越来越酸涩，只觉得既无力又艰难。

她心里明白，改变总归比放弃更艰难。

开始一场不切实际的冒险，仿佛一脚踏入了一个看不见底的深渊。

然而最让人无可奈何的是，总有人心甘情愿地往深渊里走，不肯回头，不知疲倦，不愿悔改。

此时此刻，她终于发现，原来，她就是这样的一个人。

寒假过后，天气在眨眼间回暖。四月末梢，期中考试前夕，市实验中学迎来了新学年的春季运动会。

体育委员站在讲台上鼓励大家踊跃报名，班里的一大半同学却在埋头准备考试，叫苦连天，表示自己什么项目都参加不了。

报名进行了几天都毫无进展，赵雅淑为此大发雷霆，要求所有人按学号顺序报名，学号排在班级前二十位的同学必须报名，陈寂也在其中。

报名表传到陈寂手上时，她一眼就看到了 4×100 米接力这一项里填着闻灵的名字。鬼使神差般，她把自己的名字写在了闻灵名字的后面。

写完后，陈寂放下笔，出神地看着紧挨在一起的她和闻灵的名字，恍惚了一瞬，她有些惊讶于自己突如其来的攀比心。她自觉并不是一个胜负欲多么强烈的人，更没有必要非得和优秀得近乎完美的闻灵在跑步这一项上比一比。

人为什么会这么奇怪呢？

再胆小怯懦，再随遇而安，一旦不小心陷进秘密的心事里，便会变得莫名偏执、孤勇，哪怕明知最终会输得一败涂地，还是要战斗到底。

运动会开幕式这天，万里无云，炽烈的阳光倾洒下来，将整个操场炙烤得发烫。

校领导讲话和班级方阵队列结束后，各项比赛才正式开始。第一项就是高一年级组女子 4×100 米接力。

接力的顺序是体育老师安排的，陈寂排在第一棒，闻灵在第二棒。

一声枪响后，陈寂迅速冲出跑道，迎着耳边呼啸的风声，以最快的速度将手上的接力棒传给了闻灵。闻灵接过棒后，转过身同样飞速向前奔跑，却在和下一个运动员交接棒时脚崴了一下，还没等她把棒递出去，整个人就猛地扑倒在了跑道上。

“闻灵！”班里的同学站在看台上焦急地喊她的名字。

陈寂俯身撑着膝盖，气还没喘匀便强忍着喉咙里的灼痛和强烈呕吐的冲动跑向了闻灵，想要赶过去扶她一把。

然而一道熟悉的人影却忽然在操场不远处出现，让她硬生生停住了脚步。

眼前飞奔而来的少年紧抿着双唇，似乎正忍受着身体强烈的不适，但是他丝毫没有放缓脚步。

你在干什么啊，林惊野？

你跑这么快干什么？不要命了吗？！

陈寂停在原地，眼泪不受控制地从眼眶里涌出来，视线开始变得模糊。她默默地擦去眼泪，目光紧盯着林惊野。

此时，他已经跑到了闻灵的面前，正蹲下身子认真询问她的情况。

陈寂又看到同班的女生也纷纷从看台上冲了下来，她们个个脸上满是焦急的神色，一同跑向了闻灵。

烈日当头，灼人的光线透过云朵的缝隙一束束射下来，刺进了陈寂的眼睛里。

陈寂轻轻抬起头，越过杂乱人群的缝隙，她看到林惊野分明脸色苍白、虚弱不已，却还是蹲在闻灵身边耐心地关注她的伤情。陈寂的眼睛被刺痛，匆促地转头，移开了视线。

她告诉自己，别再难过了，眼前这个人和你是没有关系的。

不是说好了，不要再去在意他了吗？

既然说了不去在意他，那就要说到做到。陈寂，你一定可以做到的！

陈寂在心里给自己打气，却在看到林惊野伸手扶起闻灵时，鼻尖倏地一酸，眼泪不由自主地顺着脸颊滑落下来。

午休时间，陈寂独自前往校园超市，想要买瓶水喝。大概是因为天气太热，刚解散的学生几乎都迫不及待地来买冰水或雪糕，超市里人群拥挤，出入口的两个收银台前都排起了长队。

入口处收银台的队伍稍微短些，陈寂便拿着矿泉水走到了队伍后面。忽然，她注意到安馨正站在柜台前结账。因为个子小，行动又不方便，她把东西放上柜台有些吃力，所以东西放上去一半，掉落在地一半。

柜员不耐烦地扫完了柜台上几件东西的条码，冷眼等着安馨把掉在地上的东西捡起来。

安馨费力地弯下腰，手指总是差一点儿触摸到地面，怎么都没办法将东西捡起来。她转过头，想求助身后的女生，对方却无动于衷。

陈寂见状，皱了皱眉，走上前把掉落在地的东西一一拾起，然后轻声安抚她说："没事的。"

店员把捡起来的东西一一扫完码后，冷冷地问了一句："还有吗？"

安馨点点头，指了指陈寂手里的那瓶矿泉水。

"不用了。"陈寂推托道，"我卡里有钱，待会儿我自己排队付钱就行了。"

安馨站在原地不肯走。

"还有没有？"店员不耐烦地又问了一遍。

陈寂无奈地笑了笑，把手里的矿泉水放到了柜台上，说："那下次我请你。"

安馨付完钱后，手里拎着装满东西的袋子，和陈寂一起往超市出口走去。

超市出口处的另一个柜台前，林惊野正抱着一堆东西在结账。陈寂一眼看过去，注意到他手里还拿着一瓶医用喷雾，很显然是刚刚在隔壁药店给闻灵买的。

"卡里没钱了。"店员说，"你还买吗？买的话让别人帮你付一下。"

林惊野一愣，站在他身后排队的高莎突然走上前说："学长，我帮你付吧。"

紧接着，又有一个女生走了过来：“学长，我也可以帮你付。”

大概因为不认识她们，林惊野看上去并不想让她们帮自己付钱。他四下望了望，目光刚好落在了站在门口的陈寂身上。

“陈寂！”他望着她笑了，冲她挥起了手。

他永远都是这样。

明明已经遭受到了她的冷遇和疏远，可他还是这样。

陈寂站在原地呆呆地凝视他的笑容，她的睫毛微微抖动，眼睛灼热，心里却湿漉漉的——眼泪倒灌进去，慢慢地结成了冰。

眼前这个人，笑得可真好看。

高莎举着饭卡的手僵在半空，顺着林惊野的视线，她将自己凌厉轻蔑的目光投到了陈寂的身上。

最终，陈寂什么都没说，转过头避开了林惊野向她投来的殷切目光，然后拉起安馨的胳膊转身就走。

安馨有些发怔，似乎是想去帮林惊野付钱，却被陈寂硬生生拽出了超市门口。

“我们不帮他付钱吗？”安馨问。

“不用。”陈寂淡淡地说，“会有人帮他付的。”

“你不喜欢他？”安馨又问。

“没有。”陈寂摇了摇头。

“他很好。”安馨努力向她解释，“他真的很好！”

陈寂鼻腔灌满酸涩，低低地“嗯”了一声。

我知道他很好。

回操场的路上，安馨说要回班里一趟，让陈寂先走。陈寂回答“好”，却没有往操场的方向走，而是转身原路返回，脚步停在了校园超市的出口处。

透明的门帘被风吹得扬起，少年身穿校服站在门侧的身影在门帘的掩映下若隐若现。

她静静地看着他的身影，不知看了多久。

多看他的每一秒，仿佛都是奢望。

运动会闭幕式在隔天上午举行，下午有全校教师大会，学校通知所有学生在教室里自习。

中午，陈寂坐在宿舍的床上收拾书包，忽然听见高莎和尹佳珊说一会儿会有突击检查。新来的德育主任安排了值周生在教学楼大门口检查每一个学生的仪容仪表，凡是不穿校服、不戴胸牌、染发或烫发的学生，都会被通报批评，并且给所在班级扣分。

“好烦啊！我昨天晚上刚把胸牌弄丢了。我这看着不明显吧？要不我戴个徽章？”尹佳珊揪着衣服站在镜子前端详，转过头愁眉苦脸地问高莎。

“你瞎担心什么呢？路昊宇还能记你的名啊？”高莎嗤笑道。

“不是还有林惊野嘛！”尹佳珊撇撇嘴。

“那怎么办？”高莎一脸坏笑，凑过去碰她的肩膀，“要不你去和闻灵说一声，待会儿和她一起去教室？”

“我看行！”尹佳珊眼睛一亮，“那我现在就去把她叫过来！我柜子里还有很多零食，让她随便挑！”

“赶紧去。”高莎挑眉笑道。

尹佳珊说完，便推门向闻灵的寝室跑去。

陈寂紧抿着唇，手上收拾书包的动作无意识地加快，把要用的笔记和练习册塞进去装好后，她就拎起书包快步朝寝室门口走去。

高莎抱着胳膊靠在床头，冷眼盯着她，仿佛在观赏一个十分滑稽的表演。末了，高莎嘴角微扬，轻轻哼了一声。

陈寂没有理会，攥紧了书包带，垂着头独自往教学楼的方向走。

塞一只耳机走路，早已在不知不觉间成为她的习惯。可一个再也没有任何意义的习惯，于她而言，真的有继续保持下去的必要吗？

陈寂心中一片酸楚，伸出手，正想把另一只耳机也塞上，视野忽然被一个身穿校服的高大身影占据。

少年喘着气跑过来，稳稳地挡在了她的身前。

清新的洗涤剂气味瞬间充斥她的鼻腔，来人的气息熟悉得让她想哭。

少年微微躬身，双手撑着膝盖平复着呼吸。

陈寂抬眼望向他，垂在身侧的手指蜷了蜷，下一秒，鼻尖开始酸涩，眼眶微微泛红。她握紧了拳，只当看不见他，目不斜视，要从他身边走开。

“陈寂！”林惊野拧着眉喊她，脸色发白，“你最近怎么回事？一直不理我。”

陈寂缓缓抬起头，没有回答他的问题，只是声音冷淡地问：“你找我有事吗？”她紧接着说，“我最近很忙，没事的话我先走了。”

“有事。你胸牌掉了。”他说着，从校服口袋里摸了个东西出来。陈寂抬眼看过去，他掌心正躺着一个小小的胸牌。

她连忙伸手去摸裤袋，里面果然空无一物——她装进去的胸牌不知何时掉了出去。

“谢谢。”她眨了眨眼，声音干涩地向他开口道谢。

“林惊野！不在文科楼查人，跑这儿来干什么！赶紧给我回去！”德育主任手里拿着检查本，站在不远处，瞪着眼大声冲他吼道。

林惊野连忙扭头应了一声，临走前看了陈寂一眼，没再说什么，只是把手里的胸牌放到她的手心。

陈寂垂下眼睑，愣怔地盯着尚有他的余温的胸牌，眼眶越来越红，鼻腔酸痛难忍。

眼看有值周生迎面走来，陈寂仓促地把胸牌戴在胸前，快步走进了教学楼大门。

她来到教室刚在自己的座位上坐下，耳边就传来两个女生窃窃私语的声音。

“听说这次不戴胸牌和不穿校服的全被记名扣分了，都在一楼大厅罚站呢！”

“李洪伟主任不是刚从育才中学调过来嘛，我听我一个在育才中学的同学说，他以前在他们学校就特别严厉。”

“确实，听说他事儿特别多，校服拉链拉得低不行，胸牌戴得不正也不行。”

陈寂垂下眼睑，注意到自己校服上的胸牌戴得有些歪，于是抬手按下别针把它取了下来，准备重新戴正。

突然，身后的女生又说：“对了，听说林惊野中午值日的时候擅自离岗，漏查了两个没穿校服的，也被他罚了！”

陈寂的思绪骤然一停，指腹猛地被别针的尖头刺破，立刻有血珠渗了出来。

“真的假的？李主任罚他什么了？”

“罚他去操场跑圈，他说他不跑，后来李主任没办法，就让他去实验楼后面锄草了！”

“哈哈哈——”

“这大中午的，太阳这么毒，锄草也挺不容易……”

陈寂转头看向窗外，平静无风的校园里，甬路两旁的树叶仿佛被黏稠的空气凝住了，在地上投下厚重的阴影。正午的烈日光线灼人，晃得她微微眯起了眼睛。

陈寂不由自主地起身，飞快地跑出教室，一路跑到了实验楼后面的草坪前，一眼便望见了已经锄完草、正靠在树下打盹儿的林惊野。

她定了定神，放轻脚步走到他身侧，缓缓地蹲下来，用身体为他遮住了从高空倾泻下来的炽热的日光。

四下寂静无人，她举起手臂，张开手掌，隔着一段距离挡在他的脸上方。

而后，她抬眼偷偷打量起他熟睡的模样。

少年闭着眼睛，浓密的睫毛覆下暗影，落在他白得近乎透明的皮肤上。他睡颜恬静，眉眼舒展，像是正沉浸在某个舒畅安适的梦境中。

陈寂静静地望着眼前熟睡的少年，轻轻挪了挪发麻的双腿换了个位置，将身后滚烫的光线遮挡得更加严实，只为了让他可以不被打扰，在酣畅的好梦中停留更久。

少年睡得酣沉，无意识微微侧过了头，柔软的黑色碎发缓缓地垂落至额间，清俊的五官被光晕笼罩着。

陈寂看得出神，不禁在心里轻轻感叹——他长得可真好看。

听说韩校长年轻时就是个大美人，岁月从不败美人，如今的她依旧出尘脱俗，气质不凡。

果然是一家人，连眉眼间都流露着相似的气质。

林惊野突然动了动，眼皮轻颤。

陈寂呼吸一滞，仓促地擦了擦眼泪，忍着腿麻迅速站了起来，然后慌乱地躲到了不远处他看不见的地方。

少年迷迷糊糊地睁开眼，神色愣怔，显然没想到自己竟然睡着了。

他站起来，抬手揉了揉惺忪的睡眼，朝教学楼的方向晃晃悠悠地走了过去。

看着清瘦挺拔的背影渐渐淡出自己的视线，陈寂暗自松了口气，指尖轻轻颤了颤。

幸好，她没有被他看见。

可他们之间的距离，就这样被一阵风吹远了。

林惊野，其实我多想能被你看见，可我又怕会被你看见。

我害怕会听见你说，陈寂这个人，你从来都不喜欢。

期中考试结束后不久，市教委突然下发通知，要求各中学每个年级每一学科选出一个单科成绩最好的同学去市里参加学科竞赛集训，最后参加省级的决赛，获得名次的同学可以拿到高考加分。

在高手如云的高一（1）班，除了生物这一科，陈寂其他几科的分数排名都达不到第一名的水平。然而她心里清楚，尤萍最喜欢闻灵，参加生物竞赛的名额一定是闻灵的。

晚饭时，陈寂收拾好书包准备去食堂，突然看见闻灵从教室门口朝她走了过来。

“陈寂，尤老师叫你，让你去她办公室一趟。”

陈寂有些疑惑地来到年级组办公室，就听尤萍对她说，决定把这次生物竞赛的名额给她。

陈寂向尤萍道了谢，愣怔地走出了办公室。

回到教室后，她看到闻灵并没有离开，而是在座位上埋头看书。

陈寂停下脚步望向闻灵，微微有些恍惚。

感受到她的注视，闻灵抬起头冲她淡淡地笑了笑。

犹豫片刻，陈寂最终还是没忍住好奇，开口问她："你不参加这次竞赛吗？"

"我不参加。"闻灵大方地解释，"我要出国读大学，高考加分对我来说没什么用。"

"我爸妈和我哥都在国外，我以后肯定是要在国外定居的。再说了，无论是在学习成绩上，还是在其他方面的能力上，你都完全不比我差，这么没自信干吗？"闻灵笑着问她。

陈寂愣在原地，欲言又止。

闻灵接着问："你还有其他什么想问的吗？都可以直接问我。"

"你和林惊野……"陈寂吞吞吐吐地开口。

"林惊野？"闻灵讶异地笑了起来，"你听到咱们班同学乱传的传言了？"

乱传的吗？

"我俩的确从小在一起长大，不过只是朋友而已。

"他关心我，是出于一些原因……答应了我家里人帮忙照顾我。

"一个连自己都照顾不好的人，还总想着要照顾我。

"我不想给他添麻烦，所以一直躲着他。"

闻灵的神情有些无奈。

"这样啊……"陈寂喃喃道，心中突然如释重负，仿佛一块压在心口的巨石被突然挪开了。

"为什么问起林惊野？"闻灵盯着她问。

陈寂慌忙解释道：“我就是随口一问，真的。”

闻灵眼里含着笑盯着她看，过了半晌，突然又开口问道：“你还想听别的事情吗？”她补充道，“关于林惊野的。”

陈寂的手攥紧裤边，手心微微渗出了汗，她没有点头，也没有摇头。

“其实我觉得他以后会喜欢的女孩儿，一定是那种特别善良、温暖，有正义感，愿意去帮助别人的人。因为他就是这样的人。

“还有很重要的一点，如果这个女孩儿也喜欢他，那她一定要勇敢。因为他其实并不是一个在情感表达上会很勇敢的人。

“这大概和他从小生病又被父母抛弃的经历有关吧……他虽然看上去特别洒脱，整天说不需要别人喜欢自己，但归根结底，他就是心里对自己能够被别人喜欢这件事，没那么确定。”

“闻灵！”突然，一个外班的女生出现在教室门口，高声对她说，“赵老师叫你！让你去登记一下你们班的数学周测成绩！”

“好！”闻灵抬头答应，一边拿起手边的一支红笔，一边对陈寂说，“那我先过去了，咱们下次有机会再聊。”

陈寂应了一声。

闻灵起身离开，快要走出班级门口时，突然回过头对她说：“陈寂，你加油！”

陈寂一怔。

闻灵笑了：“我是说，你竞赛加油。”

“谢……谢谢。”

第八章
离他再近一点

闻灵离开后，陈寂独自在教室里坐了一会儿。她翻开生物练习册想要做题，思绪却是乱的，题目浮现在眼前，但是怎么也进不去脑子里。

她在想刚刚闻灵说的话。

陈寂默默合上生物练习册，从书包里掏出日记本，把它放在桌面上轻轻摊开。

日记本第一页的内容是她在市实验中学第一次见到林惊野那天写下的，只有简简单单的一行字——

“他说，你别怕。”

后来，他对她说过的每一句温暖的话，都被她完整而清晰地记录在了这本日记本上。

这本日记本是她在文具店花了两元钱买的，只是一个再普通不过的笔记本，上面甚至没有任何装饰图案。

她不是没想过用一本可以上锁的密码本，只是觉得日记本越是上锁，越是会引人注目。

虽然，也许并不会有人关心陈寂是否有秘密以及陈寂的秘密究竟是什么。

她不漂亮，性格沉闷、古怪，从来不曾被别人喜欢，浑身上下有着数不清的糟糕缺点。

可林惊野那么好，哪里都那么好。

所以，她一定要努力变得更好、更优秀、更漂亮，让自己身上的缺点越来越少。

片刻后，陈寂把日记本合上塞回书包里，然后重新把手边的生物练习册翻开，目光落在纸页上用黑墨印刷的一张精细的心脏结构图上。

她不知道该怎么去测算梦想和他，与如今的自己之间，究竟还有多遥远的距离，她只知道，如果她再努力一点儿，努力变漂亮，努力考去 B 市和他一起读大学，努力让自己变得更加优秀、自信，那她就一定能够离他近一点儿、更近一点儿。

宇宙浩大，但她只要紧紧跟随他的航行轨迹，未来就一定不会让他消失在自己的世界里，不会失去和他的交集。

闻灵的生物竞赛名额被陈寂抢走的消息突然在整个高一（1）班不胫而走，成了班上同学课间和放学后的谈资，陈寂也被不断猜测和议论。

报名结束后的一段时间里，陈寂自动忽略掉耳边正在发酵的流言蜚语，没日没夜地埋头看书做题，努力让自己能够把握住这次来之不易的机会。

手中现有的练习册里的题目几乎被她做了个遍，于是周末中午，她去了趟校外的新华书店，打算选几本新的辅导书看，却没想到刚走到高中教辅区，就和同样正在选书的陈芷婷迎面撞了个正着。

陈寂只当作没看见她，转身去拿身后书架上的生物教材全解。

见她这反应，陈芷婷哼了一声，特意走到她身侧，凑在她耳边说："我听莎莎说，你嫉妒闻灵，总和人家较劲儿，还几次三番针对人家。这次你还挤掉了她，拿到了你们年级的生物竞赛名额。莎莎还和我说，你这么做跟林惊野有关。"陈芷婷直勾勾地盯着她的眼睛，露出了轻蔑的笑容，"真是这样啊？"

陈寂停止翻书，猛地扭头看向她："我没有。"

"我回家就告诉奶奶！"陈芷婷笑嘻嘻地说，"她绝对想象不到，就你，居然还能有这种想法……欸，姐，你不觉得自己特别好笑吗？"

"我说了我没有！"陈寂厉声重复道。

"你不用否认，我有证据。"陈芷婷歪头笑着说。

陈寂心一紧："你有什么证……"

"我说野哥你这做题速度可以啊，这么快就又买新书了！"突然，一道男声从他们身侧的楼梯上传了过来。

陈寂抬眼，看到林惊野和一个男生沿着楼梯从二楼走了下来。

"哟，这不是学妹吗！"男生明显认识陈芷婷，朝陈芷婷兴奋地挥了挥手。

"学长好！"陈芷婷立刻收起了刚刚那副轻佻刻薄的面孔，笑容热情地和男生打招呼。

"这是你同学？"男生看了眼陈寂，好奇地问陈芷婷。

"不是，这是我堂姐。她成绩可厉害了，也是你们实验中学的。"

陈寂别开脸，努力避开目光不去看林惊野。她心中惴惴不安，拽起陈芷婷的胳膊就要拉她走。

陈芷婷却用力甩开了她，目光一直在林惊野身上反复打量。

“你有事吗？”林惊野被陈芷婷盯得不悦，身上收起的棱角显露出来，冷淡地问她。

“林惊野学长，我有个问题想问你，你知不知道我姐她……”

“陈芷婷！”陈寂大声吼道，眼睛紧紧地瞪着陈芷婷，身体不受控制地颤抖了起来，闪烁不定的目光里难掩内心的慌乱与哀求。

这一刻，陈寂才终于意识到，原来不管闻灵说的话多么有道理，这才是现实——她根本不敢，一丁点儿都不敢让林惊野知道她的心意。

是因为自己在心底也从来都不相信林惊野会接受这份心意吧！

既然不相信，为什么还是不愿意死心呢？

人的情感，竟是这样毫无道理可言的。

“你别听她胡说，我……我先走了。”陈寂低垂着头，语无伦次地说道。然后她拉着陈芷婷的手腕，从他身侧匆匆走过。

刚走了几步，她就听见那道熟悉的声音从身后传来，带着微微的不解和气恼：“陈寂！”

陈寂快忘了这是她第几次不敢直视林惊野，故意不理他。

她闷头快步向前走，自始至终没有停下脚步，更没有回头看他一眼。

陈芷婷唇畔扬着得意的笑，任由陈寂拉着自己走。临走时，她还朝林惊野挥了挥手说再见。

“你乱说什么！你有证据吗？”陈寂把陈芷婷拉到书店门口，大声质问她。

“我要是说我有证据，你怕不怕？”陈芷婷眨着眼睛问。

陈寂瞪着她，只觉得心口一紧。

“我吓唬你的，你心虚什么啊？”陈芷婷语气轻快地说道，“奶奶还等着咱们回家吃饭呢！快走吧，姐！”

陈寂没再说话，转身和陈芷婷一起往车站走，边走边频频回头去看。

一颗心落在了书店里，她的心口如被沙石碾磨般疼痛。

下次吧，她想，等下次再见到他，她一定主动去和他打个招呼，把这段时间以来横亘在他们之间的生疏与隔膜解开。然后，她会继续努力去扮演他在这座校园里的“熟人”或“朋友。”

对于现在的她而言，能和他做朋友就足够了。

光是去和他做朋友，就已经快耗尽她所有的力气了。

周一返校后的几天里，陈寂一直在等待着偶遇林惊野，却没能在校园里见到他的身影。她甚至特意去了好几趟文科楼，却发现他的座位一直是空的。

她想问一问闻灵或者易南知不知道林惊野为什么没来学校，却找不到一个合适的理由或契机开口。

直到有一次课间操跳交谊舞的时候，陈寂才找到机会。她主动和易南闲聊，响亮震耳的音乐伴奏声让她的话题开启得很安全。

她和易南聊到了班里的语文竞赛名额，聊到了自己语文不好，聊到了林惊野的语文成绩，终于自然而然地聊起林惊野最近好像一直没来学校，不知道他会不会按时参加竞赛和集训。这时，陈寂才从易南的口中得到了自己想要的讯息。

“听说惊野哥的姥姥这段时间身体不怎么好，一直在住院，惊野哥是为了照顾她才不来学校的。

“他姥姥好像病得很严重，我看惊野哥最近脸色也不是很好。他本来身体就不好，还非要逞强照顾老人……我上一次见他，感觉他整个人疲惫得不行。

“不过，他说明天学科竞赛的初赛和后天的竞赛集训，他都会回来参加。”

听完易南的话，陈寂心里一阵酸涩。

难怪前段时间每一次见到他，他的脸色总是很差。日夜守在医院里照顾老人，他自己的身体怎么办？

要是她能帮帮他就好了。

初赛当天早上，陈寂背着书包准时来到了竞赛考场。找到自己的座位坐下后，她低头从书包里掏文具，突然发现自己一直藏在书包夹层里的日记本不见了。

她心中“咯噔”一下，慌乱地把书包翻了个底朝天，却依旧没有看到日记本的影子。可她明明清楚地记得，昨晚她把日记本塞进了书包的。

所以，答案只有一种可能，她的日记本被人拿走了。

她的眼前忽然浮现出那天在书店里，陈芷婷笃定地对她说：“我有证据。”

考试预备铃声猝然响起，监考老师抱着试卷密封袋走进了考场。广播里开始宣读考试规则，监考老师用小刀划开封装试卷的牛皮纸袋，把试卷取出来分发给每列第一桌的同学，让他们把卷子往后传。

陈寂接过传到自己手上的试卷，拿起笔在信息栏里写下了自己的姓名和学号后，就呆呆地看着试卷一动也不动了。

恍惚间，她好像看到了全班同学拿着她的日记本互相传阅，哈哈大笑说：“欸，你们快看看陈寂每天都在想些什么。”

她又好像看到了林惊野在得知她的秘密后，脸上露出烦躁和尴尬的神色。他大概不会像其他人一样嘲笑她，但他一定会感觉到不舒服，感觉到困扰，然后远离她……

原来，当某一天这个秘密真的被公之于众时，她也会觉得羞耻感紧紧扼住了她的喉咙。

黑板上方，挂钟的指针一下接着一下规律地摆动着，而陈寂的笔悬在空中，久久没有写下一笔。

“试卷一共六页，检查一下有没有缺页。题量不小，自己把控好时间。”监考老师严肃的声音响起。

陈寂把思绪拉了回来，强迫自己把注意力重新集中到试卷上，而后埋下头开始专心答题。

考试结束后，陈寂迅速收拾好书包冲出教室，急匆匆地跑回班里，在座位上来回翻找自己的日记本。

高莎正抱着零食坐在一旁翻漫画书，陈寂抬头问她：“你看见我的笔记本了吗？”陈寂指了指自己书桌上一本同款的笔记本，“款式和这个一样，颜色是蓝色的。”

“没看到。”高莎面无表情地回了她一句，而后低头拆了包薯片，转头问身后的女生，“你吃薯片吗？”

陈寂抿了抿唇，没有说话，垂下头继续翻找。

即便她怀疑是高莎拿了她的日记本给陈芷婷，她也没有任何证据。

她的视线不经意地扫过高莎的桌面和桌箱，高莎却敏锐地扭过头来，反感地说道：“你往我这儿看干吗？我可没拿你说的那个破本子。”高莎笑了笑，接着说道：“你那本子里都记了些什么呀？你告诉我，没准我能帮你找到。”

“没什么。”陈寂说，“不用了。”

日记本丢失的几天里，陈寂的生活异常平静，连和高莎之间的矛盾都突然少了许多。然而她隐隐约约感觉到，看似风平浪静的水面下正酝酿着一场疾风骤雨，势不可当。

“陈寂！”竞赛集训前一天上午的自习课上，赵雅淑突然出现在班级门口，神色严肃地喊她，“你来我办公室一趟。”说完，她便转身离开了。

高莎马上站起来给她让路，而且嘴角扬起了一抹得意的冷笑。

陈寂没有理会高莎，起身走出了教室。

窗外天色低沉，昏暗无声的走廊里，灰淡的幽光透过窗户落在陈寂单薄孤寂的背影上。

她刚走到年级组办公室的门口，就看到了正坐在赵雅淑办公桌前举止局促紧张的奶奶以及桌面上摊开的一张竞赛成绩单。

赵雅淑拿起那张成绩单递给了奶奶：“喊您过来，是因为学校规定班主任每学期都要和家长交流一下班里孩子的学习情况，按学号排序，这周正好轮到陈寂。”

“孩子的学习成绩一直挺不错的，就是最近一段时间，听一些科任老师反映，说她不在状态。

“您可以看看她的生物竞赛成绩，虽然排名勉强能进决赛，但明显发挥失常。

“我想问问您，孩子最近是有什么心事吗？”

“心事？”奶奶皱眉思索，突然开口说道，“老师，我向您打听一下，你们学校是不是有个叫林……林什么野的小孩儿？”

陈寂心脏猛地颤了颤，眼睛一眨不眨地盯着奶奶。

“她好像对这个小孩儿有点儿什么想法。她心思野，我根本管不了她，老师你替我好好管教她。还有那个小孩儿，他……”

“你别胡说！”陈寂立刻冲进去大声打断了奶奶的话。到了奶奶的跟前，她冷冷地质问道，“谁和你说的？”

“你还有脸问我？要不是婷婷和我说，我都不知道你每天在这儿干些什么呢！小小年纪就不走正道，果然和你那个妈一个德行！”奶奶骂完陈寂，又转头问赵雅淑，“老师，那个林什么野在哪儿？我要问问，我要问问他……”

“你要问他什么？！”陈寂红着眼睛吼道，声音嘶哑。

“你不承认是吧？我差点儿忘了，婷婷给了我一个本子，说让我带过来给你们班主任看……”奶奶说着，垂头在手上提着的布袋子里翻了翻，把一个本子翻了出来。

是她的日记本！

陈寂一把将日记本从奶奶的手里抢了过去，纸张边缘锋利，狠狠割破了她的掌心，疼得她眼泪瞬间溢了出来。

她浑身颤抖，背过双手紧紧攥住日记本。

“我没有！”陈寂抬头直视赵雅淑，咬着牙，冷静地说。可泪水不断涌出，顺着脸颊一滴滴滚落。

她声音沙哑，转过头看向奶奶：“你可以问问我的班主任，你说的那个男生，他有先天性心脏病。”

奶奶一愣。

“你不是总说我和我妈一样自私吗？”陈寂忽然笑了，“你觉得像我这么自私的人，会对一个有心脏病的人有什么想法吗？”

“以前我和他是有点儿交集，后来我们班总有人乱说，我特别烦，所以早就不理他了。

“我已经快一个学期没和他说过话了。

“以后也一样，我不会再和他有任何接触。”陈寂面无表情地说。

办公室里的氛围一时剑拔弩张，赵雅淑连忙开口缓和气氛：“好了好了，您消消气！孩子挺好的，让她从现在开始调整状态就行了。您多给孩子一些理解和信任。”赵雅淑走上前对奶奶说，“没什么事了。您看看，您怎么回去？”

“我自己坐车走。”奶奶说着，冷冷地白了陈寂一眼，起身从她面前走过，出了办公室。

陈寂紧攥着日记本的双手早已渗满了汗，她终于浑身卸了力，脸颊滚烫泛红，耳畔仍然能听见血液沸腾的汩汩流动声。

“林惊野，别站在外面了，进来吧！”赵雅淑忽然高声喊道。

陈寂浑身一僵，整个人麻木地立在原地，触电般不能动弹。她的大脑缺氧般空白，细密躁动的鼓点里，她清晰地意识到一个问题——

刚刚她说的那些话，他全都听见了！

他看见了这场三人之间鸡飞狗跳的闹剧，他也听见了她刚刚说出的那些多么难听的话。

眼眶一瞬间被酸涩灌满，陈寂侧身避开视线，不敢再抬头看他一眼。

眼泪无声地从脸颊上滑落，她咬紧双唇，抑制住身体的颤抖，一动不动。

“给，你们年级的数学竞赛成绩单。”赵雅淑将手里的一份名单递给了林惊野。

余光里，陈寂注意到他唇色苍白，神情里透着前所未见的疲惫。

林惊野伸手接过试卷，什么都没说，转身走出了办公室。

泪水淌了满脸，陈寂扭过头去看他的背影，千言万语哽在喉咙里，却一句话都说不出来。

她真的很想追上去问问他，最近这段时间里，你过得还好吗。

她也很想向他解释，我不是不想再和你有任何接触，你别信我刚才说的那些话，你别信！

可她没办法开口，这一刻，陈寂才终于清醒地意识到——

原来，她竟然是这样可悲的一个人！

原来，她果然如她们口中所说的那样，是一个自私的人！

她轻轻扬起嘴角，挤出一抹苦涩的笑来。

要不然，就这么算了吧。

像她这样破碎不堪的人，好像，的确没有资格去靠近他。

当天下午，陈寂和学校的其他竞赛生一起乘坐大巴车，去市郊的集训基地参加考前集训。

陈寂排在队伍的后面，上车时发现只剩下两个空位了，其中一个空位是坏的。她走向了第一排靠窗那个好的座位。

外侧邻座的女生穿着校服短裙，覆在膝盖上的裙摆被陈寂背后的书包蹭出了褶皱。女生嫌弃地收了收腿，冲她翻了个白眼。

“那不是你给惊野哥留的座儿吗？她怎么给坐了？”后排一个男生问道。

“谁知道！真好意思！”坐在他身侧的女生说。

陈寂坐在座位上，攥着书包带的手指无意识地抖了抖。

这时，林惊野从后面的车门走了上来，停下脚步扫视了一圈，只看到最后一排那个坏掉的座位。

陈寂连忙站起来，想把座位让给他坐。

“野哥！给你留的座儿在前面！第一排靠窗那个！”后排男生指着陈寂的座位喊道。

林惊野朝他们所在的方向看过来，陈寂垂下头，一边努力地避开他的视线，一边往外走。

她注意到林惊野的目光落在了她的身上。

“不用了。”他淡淡地说，“我坐后面。”说完，他转过身向后走，坐在了最后一排那个坏掉的座位上。

“哥儿们，你真坐这儿啊？”林惊野身边的男生问他，皱着眉问道，“这破椅子能坐人吗？”

“大老爷们哪儿那么娇气？”林惊野不以为意，“坐哪儿不都一样！”

“行吧。”男生无奈地耸耸肩。

“我晕车，坐车只坐前排。”

“娇气包！”

“你说我什么？”

“娇气包！娇气包！林惊野是娇气包！”

…………

他们曾经相处的情景在陈寂眼前一幕幕重现。整整四个小时的车程里，她频频转过头，透过座椅之间的缝隙偷偷望向他的身影。

椅面向下倾斜，扶手也坏了，林惊野皱着眉头，双唇泛白，他一次又一次地微微起身，将手握成拳去捶打腰侧。

陈寂默默地看着，眼睛越来越酸，她回过头去，窗外飞驰而过的街景在她的视野里糊成了一片。

汽车抵达集训基地后，陈寂先去宿舍放了东西，然后来到教室上自习。她坐在最后一排，而林惊野坐在教室的第一排。

自习没上一会儿，窗外就下起了倾盆大雨。

在动笔演算的间隙，她抬起头注意到林惊野脸色憔悴，时不时就会站起来，用手去揉腰和后颈。

她看了看窗外细密的雨丝，倏地放下笔站起来，推开教室门跑了出去。雨下得突然，所有人都没有带伞来上自习。她脱下外套挡在头顶，毫不犹豫地冲进雨幕里，一路飞奔来到了医务室。

“医生，请问有膏药，还有缓解心脏不舒服的药吗？”

“在架子中间那排和最底下一排，自己拿。”

“哪两种效果最好？”

“最里面那两种最贵的。”

陈寂没看标价，直接把两盒药取出来结账。

电闪雷鸣的雨夜，黑云翻滚，道边树木的枝叶被疾风骤雨抽打得摇曳歪斜，噼啪作响。陈寂把药紧紧地裹进怀里，踏着飞溅的水花飞快地跑回了宿舍，换上一身干衣服后，拿上伞，重新跑回了教学楼里。

此时正是休息时间，自习室里没几个人在。

趁没人注意，她迅速走到林惊野的座位前，把手里的药塞进了他的桌子里。

她刚放完药离开，身后忽然传来两个女生的说话声。

“我看他今天不太舒服。”

“最近在医院照顾他姥姥累的吧，再说了，就那个破椅子，谁坐能舒服啊？”

“他为什么要替陈寂坐那个坏椅子啊？”

“谁知道？”

“外面下这么大的雨，咱们又没带伞，根本不能去给他买药。”其中一个女生一边说着，一边把自己在一楼自助贩卖机买的零食和饮料往林惊野的桌子里塞。

恰好此时，林惊野从门外走进来，注意到女生手里拿的东西，微微一怔。

“惊、惊野哥。”女生尴尬地说道，“我给你买了点儿东西……”

林惊野垂头朝桌子看了一眼，问道：“这些都是你买的？”

“嗯。”

“不用了，拿回去吧。”他说着，把零食和饮料都取出来塞给她。

“这两盒药多少钱？”

“啊？”

“这个我还挺需要的。”林惊野捏着手里的两盒药，抿唇笑了，抬头问，“多少钱？”

“不、不用了。”女生有些慌乱地说着，“我自己带的，不用给钱了，惊野哥！”说完，女生就匆忙跑回了自己的座位上。

或许是淋了雨的原因，陈寂迷迷糊糊地睡着了，醒来时身上发冷，浑身的骨头都在疼。此时，集训室里已经没有人了，只有林惊野的书包还放在座位上。

她收拾好书包，拖着沉重又酸痛的身体慢慢往教学楼门外走。

已是凌晨时分，已经停过一阵的雨忽然又开始下了，而且雨势变大，如注的雨水伴着雷鸣倾泻而下，拍打、冲刷着漆黑湿滑的路面。

刚走出教学楼门口，突然，陈寂注意到不远处的甬路上似乎躺着一个人。她急忙跑过去，借着昏暗的灯光看清了眼前人的模样，呼吸在一瞬间凝滞。

是林惊野！

“林惊野！”陈寂大声喊着他的名字，却无论如何都无法将他叫醒。

少年双目紧闭，额发被雨水打湿了，苍白的脸颊血色尽失，此时的他仿佛凄冷暗夜里一株残破败落的昙花。

陈寂大脑一片空白，眼泪不由自主地涌了出来。

她蹲在他的身侧，神情无助地哑声喊着他的名字，同时伸手小心翼翼地去擦拭他脸上的雨水。

很快，她意识到什么，迅速起身，飞快地冲向了前方不远处的门卫值班室。

整个集训中心唯一的一部座机电话正放在里面，然而此时的值班室却空无一人，而且大门紧锁，窗户紧闭。

陈寂踮起脚用力去推窗户，却只觉得眼前阵阵眩晕，一点儿力气都使不上。一次接着一次，她重重地跌倒在地；又是一次接着一次，她强忍着疼痛重新站起来。眼泪争前恐后地从她的眼眶里拼命往外涌，她紧咬着唇，全身上下的每一处都在剧烈地颤抖。

怎么办，林惊野？我推不动它。

泪水啪嗒啪嗒地掉落，模糊的视线中，她仿佛看到了那个深夜的病房里，少年神色笃定地对她说：

“虽然，对我来说，它或许是最难通过的一个关卡。

“可那又怎么样？我只要能突破当下面临的每一个关卡，就证明我一直在赢，并且具有在未来继续赢下去的可能性。

“不知道人是不是越乐观就越幸运，但我真的足够幸运，遇见了一些特别好的人……”

陈寂愣愣地回想着，迷蒙的目光越发清晰而坚定。

她抬起手抹了把眼泪，然后一只手撑在窗台上，另一只手拼命去抠窗户和墙壁之间紧贴的地方。很快，指甲里渗出了血，她却像是感觉不到疼一样，一次比一次卖力。终于，紧闭的窗户被缓缓推动，露出了一道不小的缝隙。

她吃力地抬起一条腿迈上了窗沿，又以手肘为支撑，努力迈上另一条腿。室内的窗台上有用来盛放盆栽的塑料托盘，陈寂翻身跳下窗户时，手臂被托盘锋利的尖角剐到，划开了一道长长的血痕。

她强忍着痛，咬着唇，颤抖着手拿起电话听筒，迅速拨通了 120 急救中心的电话号码。

“城郊集训基地，病人心脏病突发，已经昏迷。”

…………

“我现在应该做什么？”

…………

“好。”

陈寂冷静地说完并挂断电话，然后推门而出，重新跑回到林惊野的身边，开始按照急诊科医生的指示给他做心肺复苏。

她浑身被雨淋透了，止不住地一阵阵打着冷战，动作却沉稳有力，一刻都没有停下。

鼻腔酸痛难忍，泪水从眼眶里拼命涌出，混着雨水糊满了她的脸颊。

林惊野，你不是说过我临危不乱，很适合当医生吗？

所以你一定要相信，我可以救你！

我一定可以救你的！

你相信我，你再努力坚持一下，好不好？

终于，救护车刺耳的鸣笛声划破长夜，急诊科医生拎着急救箱匆忙赶到她的面前，医护人员齐力将昏迷的少年抬上了医院的担架床。

“家属在哪儿？”其中一个医生问她。

陈寂颤抖着手拉开书包拉链，把学校下发的通讯录手册拿出来，递给他说：“上面是他家属的电话。”

“行，你要一起上车吗？”

陈寂沉默了一下，紧咬着唇，摇了摇头。

医生没多说话，转身便要上车离开。

“医生！”陈寂高声将医生喊住，泪水浸着发丝粘在她苍白的脸颊上，她目光清澈，眼底早已通红一片，“求你们一定要救救他……”

救护车在陈寂哽咽到近乎破碎的声音中扬长而去。

她终于彻底卸了力，双手环抱住膝盖，紧靠着墙壁缓缓蹲了下去，神思渐渐涣散。

水泥地上浅浅的水坑倒映出夜幕中的点点繁星，像是天上神明的倒影。她凝视着水坑，在心里默默地向神明祈愿——

你们可不可以保佑他？

他是我在这个世界上最珍贵的独一无二的少年。

我真的不可以失去他！

所以，求求你们，求求你们保佑他！

翌日清晨，林惊野深夜被救护车送去医院的消息在整个集训中心传得沸沸扬扬，尽人皆知。但同时他已经平安脱险的消息也传开来，这让陈寂深深地松了口气。

听说林惊野昨晚之所以心脏病突发，是因为收到了姥姥去世的消息。

姥姥去世了……

陈寂正在写字的笔尖狠狠一颤，在纸张上划出了一道长长的口子。

她突然回忆起那个深秋的午后，姥姥和蔼自豪地和其他老师谈论着林惊野，在阳光明媚的校园里笑眯眯地帮林惊野拨弄头发，还笑着对她说“小姑娘真好”……这个在世界上陪伴了他最久，给予了他最多爱的人永远离开了他。

陈寂眨了眨眼睛，眼泪“啪嗒”滴落在试卷上，洇开了笔下的字迹。她的心很痛很痛，可她知道，他比她痛不知多少倍，所以才会昏倒在雨夜里。

心口抽痛难忍，她突然好想去陪一陪他。

即使不能为他做些什么，她也还是好想去陪一陪他。

回到学校直到期末考试结束的这段时间里，陈寂都没有再见到过林惊野。

班里有女生从闻灵那里问出了林惊野所在的医院和病房号，说想要买些东西去看他。

期末考试结束当晚，陈寂独自去了他住的那家医院。

走到住院部楼下，正要进门时，她忽然注意到花坛附近的长椅上坐着两个人，细看之下才发现，其中一个便是林惊野。坐在他身边的，是一个小男孩儿。

“哥，姥姥变成星星了，是吗？”小男孩儿问他。

“嗯。”林惊野仰头凝望着繁星点缀的幽深天幕，缓缓地说，“姥姥变成星星了……”

“哥，你说人为什么会死呢？以前我总希望自己能快点儿长大，可我长大了，姥姥也变老了。

“她已经很老了，所以才离开了我们。

“我不想长大，哥，我一点儿都不想长大。”

林惊野伸手去摸他的头：“每个人都必须长大，知道吗？”

“可长大到底有什么好？长大只意味着失去。”小男孩儿气呼呼地说，抬起手背用力地抹了下眼泪。

“怎么会？

“长大不只有失去，还有收获。

“我一直觉得，人生就像一趟乘坐公交车的单向旅途。

“车上总是会有不同的人，有一些人会在中途下车，可也有另外一些人会在中途上车。

“成长从来都不只意味着失去。只要车还在向前开，我们就总有机会，在未来和一些美好的人相遇。

“姥姥只是先下车去等我们了。虽然我们只陪她走过了很短暂的一段路程，但至少在这段旅途里，我们和她都深爱着对方，感受过幸福。”

少年安慰着小男孩儿，语气平静而温柔。

小男孩儿抬眼看着他说：“哥，你可不可以，努力陪我多走一段路？我真的很怕你哪天会突然死掉……”

“说什么呢你？谁会突然死掉？”林惊野佯怒，抬手作势要打他，手掌落到他的头上，却只是很轻地摸了摸，“你哥我还要为国家伟大的哲学事业奋斗终身，起码得活个七八十年吧，不然都对不起祖国。”

林惊野仰头看向深邃渺远的夜空，他的眼里闪着光，仿佛藏着熠熠流动的璀璨星河。

陈寂捏紧手里的书包带，站在树林的角落里静静地望着他，眼里不觉间盈满了泪光。

天色昏暗，浓密的草丛中漆黑一片，看不见月亮，只有路灯鹅黄色的暖光倾洒在少年的肩上。

她人生的这趟单向旅途，最终会行驶多久，又行驶到多远的地方呢？

如果可以行驶七八十年那么久，是不是在未来，他们就可以有很长的时间一起坐在同一辆车上？

林惊野，请你一定要说到做到，好好活着！

因为我只想奔赴有你存在的未来，无论多久、多远都没关系。

第九章
你可不可以再等等我

时光飞逝，短暂的暑假转眼间过去，再开学已是高二。

听说林惊野一直在校外治病，偶尔回学校，其余时间都在准备保送的事情。

没过多久，陈寂就听说了他被保送R大的消息。她还听说韩校长想让他学金融学或者法学，可他没有听取任何人的意见，毅然决然地报了R大的哲学专业。

林惊野没来学校的这段时间里，有几个同样被保送的学长、学姐建了一个助考交流的QQ群，把林惊野拉了进去。

陈寂偷偷存下了学期初刚发的奖学金，给自己买了一部手机，并申请了一个QQ号，匿名进了群聊，昵称是“Spring（春天）”。

林惊野很少来学校，却经常在群里出现，回答学弟、学妹们提出的各种问题。而且他不喜欢打字，总是发语音给大家讲题。

陈寂依旧喜欢走到哪里都戴着一副耳机，只不过她不再听歌，而是点开他在群聊里发过的语音，一条一条地反复地去听他的声音。

林惊野说，如果不好意思在群里问他问题的话，可以找他私聊。他闲得很，非常愿意给大家解答学习方面的各种问题。

陈寂给他发了QQ好友申请，在填写身份验证消息时，她犹豫了一下，决定还是先隐藏身份，匿名和他聊天。加上好友后，她自我介绍说自己是高二文科班的一个学妹，偶尔去找他私聊，问他一些学习方面的问题。

每逢节日，陈寂还会在零点准时给他发送一句节日祝福。她的祝福语很简单，每一次都是："学长，××节快乐，祝你健康平安。"

她心里想送给他的祝福有那么多，甚至可以成行、成段，能将整个聊天对话框填满。可她最大的心愿，还是希望她的少年能够年年岁岁都健康平安。

林惊野很少打字，常常发语音回复她。比如，当陈寂发给他一条"新年快乐"之后，他会直接发语音对她说一句"新年快乐"。

干净清脆的少年音色，夹杂在噼啪作响的烟花爆竹声中，给纷乱喧嚣的烟火人间平添了几分温馨和宁静。

他们就这样在网上保持着简单的互动，在每个热闹盛大的节日里对彼此说着节日快乐。

整整一年时间就这样悄然过去。

陈寂高三开学之时，林惊野去了R大。

开学不久后的某天，林惊野突然在QQ空间里发布了一条动态，是他拍摄的一张风景照。

照片上，傍晚时分的R大校门口对面的商场上，一群白鸽正迎风飞翔。夕阳将天空染成金色，纯白无瑕的白鸽点缀其中，被耀眼的光晕环绕，美好而充满希望。

“大家快去看野哥的QQ空间，野哥开始秀了！”群里忽然有人喊道。

“秀啥？秀恩爱吗？”

“啥？野哥秀恩爱了？”

群里迅速炸开了锅，弹出的消息越来越多。

“单着呢，没对象。”林惊野回复道。

陈寂愣愣地看着眼前的这行字，看了许久，直到不断弹出的新消息将这行字顶了上去。

“人家林大师现在一心一意搞学术，准备保研直博，哪有时间和心思搞对象！”

“说真的，野哥，啥时候跟哥儿几个聚一聚啊？”

“随时，赶紧来B市。”林惊野说。

“我们也想和野哥聚！”群里的学弟、学妹纷纷附和。

“行啊，你们谁考来B市，开学我帮他搬行李，再请他吃饭，带他出去玩，怎么样？”林惊野发了条语音。

“截图为证啊，野哥！”

“群里的学妹们，赶紧冲！”

“截图为证！”

“截图为证！”

陈寂看着聊天群里整齐的回复，在心里默默地问他：“林惊野，你可不可以再等等我？可不可以，先不要谈恋爱？”

她早就想把误会解释清楚了，只是现在还没有勇气。

等高考完吧，她对自己说。

如果她真的考去了B市，那她就主动去见他，向他坦白自己的心意，解释清楚之前的误会。

到那时，她要告诉他，她喜欢他，一直都很喜欢他。

她相信，那些她曾经害怕被周围同学嘲笑的，害怕被老师和家长察觉的隐晦心意，一定可以在高考之后得见天日。

闻灵告诉过她，一定要勇敢——她会勇敢的，只不过，前提是她可以变得更好。

她已经努力整整两年了，可她觉得自己还是不够努力——她还需要变得更好。

她也还需要，他再等等她。

高三上学期期中考试结束后，赵雅淑重新调整了班上同学们的座位。陈寂和易南被分到一桌，高莎则坐到了陈寂后桌。

而在这之后，易南频繁地被赵雅淑叫去办公室谈话，原因是他不顾家长和老师的反对，擅自报名了艺考，并准备报考中央美术学院的绘画专业。

一次晚自习的课间，陈寂在埋头做题的间隙听到高莎和同桌的女生正在讽刺和议论易南——

“你不觉得他特别不现实吗？放着正经大学不念，非得去学那种莫名其妙的东西。”

“是啊，他又没专门学过画画，这完全是不把人家每天练八个小时素描的艺考生放在眼里。”

…………

陈寂没有说话，拿着水杯起身出去，在路过走廊楼梯间的时候，看到了孤身一人站在窗前静静发呆的易南。

陈寂把水杯放在开水机旁边的洗手台上，然后轻轻地走到他的身侧，顺着他的视线看了过去。

对面的文科楼灯火通明，厚重浓稠的无边夜色里，高三（16）班窗前摆放的几株绿植在白炽灯光的照射下显得翠绿耀眼，散发出与黑夜极不相称的勃勃生机。

这些生机勃发的绿植，是一个少年在毕业时送给班级的毕业礼物。

陈寂眨了眨眼，睫毛有些湿润。

注意到陈寂的到来，易南转过头对她温和地笑了笑。

“下定决心了？”陈寂问他。

易南坚定地点头：“嗯。”

陈寂笑了，说：“我支持你。”

易南看着她，语气认真地说：“谢谢。你是第二个支持我的人。”他收回视线，目光落在高三（16）班的窗前，“第一个是惊野哥。只有你和惊野哥，只有你们两个支持我。”

陈寂闻言心脏一颤，鼻尖忽然有点儿发酸，眼前雾蒙蒙的，连窗外的景色都看不太真切。

“昨晚我和我爸妈吵架了，后来和惊野哥聊到将近两三点。我担心他身体受不了，一直劝他早点儿休息。可他说没关系，还给我发了好多条语音。”易南从口袋里摸出手机，弯起眼睛说，“我放给你听听吧。”

“好。”

陈寂接过易南的手机，轻轻点开了林惊野发给他的语音。

“每个人都有属于自己对人生价值的判断，会选择心里认为最正确的那条路，走完自己的一生。

“没人有资格要求别人一定要去走他心里认为最正确的那条路，即便是你的父母、亲人、朋友，也没有资格替你来决定你的人生。

“人生道路的选择权要永远掌握在自己手里。

“如果有人想剥夺你的权利，那你就去争、去抢，誓死捍卫它。”

少年说着笑了起来：“所以别总是不自信，知道吗？你很酷，比那些人云亦云挖苦你的人要酷太多了。

“你没有做错任何事，每一个敢于奔赴心中所爱的人，都应该骄傲又坦荡。”

陈寂默默地听完了林惊野发的全部语音，这才恋恋不舍地把手机递还给了易南。

“惊野哥真的太酷了！”易南垂眼看着屏幕上的聊天界面，不由自主地感叹道。

陈寂睫毛颤动，低低地“嗯”了一声。

“我也要努力变得和他一样酷。”易南说话的语气郑重而坚定。

陈寂鼻尖绯红，她用力地吸了吸鼻子，忍着眼中的酸痛，望向对面窗前的几盆株植，缓缓扬起了嘴角。

“我也是。”她说。

高考前一个月，因为长期熬夜，劳累过度，陈寂发起了持续性的高烧。她的模拟考试成绩很不稳定，接连几次都掉出了年级前五名。赵雅淑开始在课后找她谈话，担心她照这个状态下去，连考上一所重点大学都成问题。

二模出成绩当晚，凌晨时分，她烧得迷迷糊糊，拖着沉重酸痛的身体独自来到了校医务室的急诊科输液。她挂着水侧躺在病床上，怔怔地望着对面干净整洁的床铺发起了呆，忽然想起了中考后独自住院的那个暑假。

她从裤子口袋里摸出手机，点开了林惊野的QQ个人资料，眼睛一眨不眨地看了起来。亚里士多德头像，昵称“L”，地区是B市海淀区。

她伸出手指轻轻地去触碰屏幕，一不小心点到了语音通话按钮，愣怔了一瞬后，她用最快的速度拼命按了好几下挂断键。

“打错了吗？”林惊野马上发了条消息过来。

陈寂这才注意到几分钟前有一个学弟在群里问了他问题，他刚在群里给学弟发了条语音讲解。

“嗯。打扰你了，学长。”她单手打字回复道。

“没事。听说你们二模成绩下来了，题目难吗？考得怎么样？”他发了条语音问。

“挺难的，考得不太好。”

“模拟考成绩不稳定很正常，高考分数肯定比模拟考的最高分还要高。”林惊野语气轻快，很轻易地便化解了她心底的担忧，“当时我们班主任和我们说，千万不要怕平时考试出错，高考前把错都出完了，高考时就没错可出了。所以，心态千万别崩。”

“好。”陈寂回复道，“谢谢学长。”

“不客气。”林惊野说着，突然笑了，感叹了一句，“我今天太幸运了！刚刚来上自习的时候外面下雨了，特别大，没想到一出教学楼，雨就停了，还看见彩虹了。”

“夜里也会有彩虹吗？”陈寂怔怔地发信息问。

出人意料地，林惊野给她发了张图片过来——漆黑的夜幕里，一道耀眼的彩虹在天际画出一道弧线，四周薄云被拨散，只留下满眼绚丽。

“下周高考，你肯定能顺利发挥自己最好的水平，考上你理想中的大学。”他自恋地补充道，“林大师保佑你。”

“嗯。”泪珠毫无预兆地滑落下来，陈寂抬手揩了下眼泪，然后轻轻地触碰了一下照片上那绚烂夺目的彩虹。

耳机里正在播放《晴天》，歌词里唱着：“还要多久，我才能在你身边？等到放晴的那天，也许我会比较好一点。”

陈寂仰起头，看向窗外漆黑寂静的天幕。

天空快放晴了吗？

高考前一天，整个高三年级迎来了一场最后的狂欢。班里的许多同学从家里带来了相机，他们一起拍毕业合照，互相交换同学录，更有男生拿起彩色粉笔在黑板上肆意涂鸦。

闻灵提前出国了，教室不被打扰的安静一隅里，只有陈寂和易南两个人正在埋头认真做题。

易南把理综试卷上的最后一道题做完，轻轻放下笔，然后悄悄地从桌子里取出了一个相机，腼腆地笑道：“其实我也带相机了，只是不知道要拍些什么。” 他的眼睛亮了，主动向陈寂提议道，“要不我给你拍张照吧？”

陈寂一怔，她不习惯拍照，从小到大几乎没拍过几张照片。但盛情难却，她还是点头答应了：“好。”

“我看看在哪里取景……”易南举着相机站起来，一边说着，一边旋转身体调整镜头方向，最后对准黑板上板报的一处“咔嚓”试拍了一张。

“你看这里怎么样？”他把手里的相机递给她看。

陈寂接过相机，一眼就看到了出现在镜头中央的画面。板报角落里，有一朵淡粉色的花，和旁边一行工整娟秀的字——

“春天的花，是冬天的梦。”

因为曾在板报评比中得到过大家的赞赏和喜欢，这一个角落从高一起便被保留下来，一直沿用至今。

她静静地看着眼前的情景，目光越发温柔，嘴角轻轻扬了起来。

“陈寂！”易南喊她。

陈寂回过神，眼里含着笑，说道：“就在这里照吧。”

说完，她站起来，缓步走到了黑板报正前方的位置。

易南在她面前举起相机，对着她喊“三、二、一”。陈寂注视着镜头，笑容恬静，目光柔软，扬起的嘴角仿佛一钩弯月。

明天就要高考了。

如果发挥顺利，她就可以在两个月后去B市，然后去见他。

分别的这两年里，她真的好想念他。

手指轻轻地触碰了一下校服上衣的口袋，用指腹反复摩挲着装在里面的那张小小的祈愿卡，陈寂只觉得融融的暖意从指尖一路蔓延到她的心脏，将她的一颗心焐得炽热、滚烫。

他说，你高考一定能顺利发挥，考上理想中的大学。

他说，林大师保佑你。

“拍好了！”易南的声音响起，他笑着把相机递到陈寂的面前，“你看看满不满意。”

陈寂垂下头，看清了自己现在的模样。

两年来，课业繁重，加上身体里的激素随着时间渐渐消解，她整个人瘦了不少，而且现在的她面容白皙素净，温和灵秀的气质在整洁的蓝白校服的映衬下显得格外纯净美好。

初夏六月，晴空碧蓝如洗，明媚的骄阳挂在树梢，窗前发光的绿叶迎着清风恣意招摇，一切似乎都在慢慢变好。

“谢谢。”陈寂笑了，抬眼对他说，“我也给你拍一张吧。”

“好。”

易南开心地答应下来，然后立刻拘谨地摆正了姿势。

陈寂举起相机，抿唇微微笑着，神情专注地为他拍下了一张全身照。

“陈寂！”易南突然喊了一声她的名字。

“嗯？”陈寂疑惑地抬起头。

“那个……”易南深吸了一口气，似乎鼓足了勇气，小心翼翼地开口，“我可能会出国去学画，去欧洲那边……我爸妈说，既然我一定要学，那就要努力学到最好……但其实我……”

“真好！”陈寂不由自主地脱口而出，弯着眼睛说，“那我就等着去看你的画展了，易大画家！”

刚说完，陈寂自己就愣怔了一瞬。出口的话语太过熟悉，她不禁有些恍惚，到底是从什么时候开始，自己连说话的方式都开始变得这么像他了？

易南欲言又止，最后只是对她淡淡地笑了笑，说：“好。”

从学校回到家时，陈寂看到爸爸回来了，正和奶奶一起坐在客厅沙发上择菜。

“这么大老远跑回来干什么？”

“陪小寂考试。”

“你回来陪她，她也是自己考，你陪她有什么用？还能让她把分数考高了？”

爸爸正要说话，注意到门口的动静，立刻抬眼看向了陈寂。奶奶冷着脸，同样看了过来。

“磨蹭什么呢？赶紧换鞋，过来给你爸倒杯水喝！”奶奶冲她吼道。

爸爸却停下了手上的动作，起身对她说道：“走，咱俩去你房间待会儿。”

夕阳的余晖透过云雾洒落，在窗前的书桌上投下暖色的光。陈寂坐在桌前埋头做卷子，爸爸站在一旁静静地看她写字，突然抬手拍了拍她的肩膀，说：“明天别紧张，好好发挥。后天考完试在学校门口等我，我带你去吃火锅。”

“不用了，爸。”陈寂本能地开口拒绝。

“爸都订好桌了，必须去。”

“奶奶要一起去吗？”陈寂抬起头问。

“你奶奶说她不去，到时候咱们给她打包点儿东西就行。”

“好。”陈寂点头答应了，继续垂下头看书。

“小寂。”爸爸忽然喊她的小名，顿了顿，说道，“当年你弟弟那件事，爸知道不怪你。因为那件事，这些年来，你受委屈了。你是个好孩子。以后慢慢地，一切都会好起来的。”他的语气又轻快了起来，“听婷婷说，你想考B大医学部。爸相信，凭你的能力，肯定没问题。未来我们小寂，肯定会成为一名特别优秀的医生。”

在陈寂的印象里，这是不善言辞的爸爸第一次对她说这么多的话。仿佛冰川下暗暗涌动的暖流乍地倾泻出来，将她的一颗心倏然焐热。

“谢谢爸。”陈寂弯起眉眼，浅浅地笑着说。

两天的考试时间转眼就过去了，第二天下午，细雨迷蒙，雨滴滴答滴答地敲打着窗沿，雨丝顺着半开的玻璃窗斜斜地飘进来，给暑气弥漫的教室捎来了一丝清凉。

英语题目很简单，陈寂很快就答完了，在检查完毕后就轻轻放下了笔。她转头看向窗外，雨过天晴的傍晚，暮色给万物笼上橙黄的光晕，有一道绚烂的彩虹划破天际。

陈寂决定勇敢一次——她决定去见林惊野。

没过多久，考试结束的铃声终于响起。陈寂收拾好证件和文具，在监考老师收完卷后，伴随着走廊和校园里传来的兴奋热烈的口哨声和欢呼声走出了考场。

她站在学校门口的树荫下，静静等待爸爸来接她，带她去饭店吃饭。

记忆恍惚间被拉回到陈寂很小的时候。那个时候，她还没有搬来奶奶家住，而是和爸爸妈妈一起住在爸爸单位附近的小区单元楼里。

妈妈工作忙，很少去学校接她，爸爸则会在每个周五下午接她放学的时候，带她去学校街边的小餐馆里吃饭。十几元一份的烧茄子、二十几元一份的锅包肉……父女二人的口味很一致，都喜欢吃炸得香酥可口的食物，喜欢喝装在玻璃瓶里的苹果味汽水。

童年的夏天，就在冰凉冒气的汽水里，在香气四溢的菜肴里，在餐馆上方呼呼旋转的风扇里，静悄悄地过去。

四周蝉鸣声不绝于耳，柔和的晚风吹来青草混合着泥土的气息，陈寂突然开始期待起今年的夏天。

今年的夏天，她在等待和爸爸一起去吃饭庆祝考试结束，也在等待踏上通往 B 市的火车，去见那个她想念的少年。

然而她在树荫下等了许久，始终没有等到爸爸的出现，一阵失落涌上心头。

或许是临时有事耽搁了吧，她默默安慰自己说。

陈寂没再继续等下去，垂着头慢慢地往家走。谁知，刚进小区门口，她就看见邻居大婶儿迎面朝她跑了过来，神色焦急地冲她喊："你怎么才回来啊，姑娘！听说你爸在去接你的路上突发脑出血，被救护车拉走了！现在他正在县医院抢救呢！你快去！快去！"

只听得大脑轰的一声，陈寂瞬间僵在原地不能动弹，身体像是被子弹击穿一般麻木而疼痛。

她已经听不清大婶儿又说了些什么，只艰难地迈开双腿，不管不顾地朝医院的方向飞奔。

眼泪连续不断地从眼眶里争先恐后地涌出来，她在心里一遍又一遍地祈祷，希望爸爸千万不要有事。

不知道跑了多久，等她终于赶到医院，找到 ICU 病房所在的位置时，她看到了正坐在走廊长椅上的奶奶、姑姑和姑父。

奶奶看到她，红着眼向她冲过来，对她吼："你就是个灾星！你害死你弟弟还不够，你还要坑死你爸！他工作那么累，你还非要让他回来陪你考试，非要出去吃什么饭……你怎么不去坑你妈？就知道坑我们家，就知道坑我们家……"奶奶一遍遍地念叨着。

"妈，妈，别激动！"姑父拉住奶奶劝道，"您别急出病来……"

"家属在吗？"医生推门走了出来。

一家人赶紧迎了上去："在！我们在！"

医生点点头，冷静地说道："是这样的，因为出血量比较大，位置又靠近中心，预估未来病人成为植物人的可能性比较大。等度过危险期，情况稳定之后，我建议把病人接到康复中心，请专业的护工来照顾，慢慢恢复。”

“请护工……我就一点点退休金，他又没保险，我哪来的钱去请什么护工？”奶奶看向姑姑和姑父，焦急地询问道，“怎么办啊？”

“没事，妈，您别着急。”姑姑咬着牙，“小寂不是成年了吗？我看她也不用去上大学了，就让她去打工，只要她勤快点儿，多干点儿，肯定能把护工费赚出来。”她想了想，又说，“邻居李婶儿家开的KTV不是缺人吗？上次她还跟我说，她那个不成器的儿子找不到媳妇……我和李婶儿好好说说，看她能不能让小寂去她那儿工作……”

“是啊，妈！小寂都成年了，该自己担起事儿了。一个小姑娘，念那么多书有什么用？让她早点儿进社会锻炼也挺好。现在这个社会，小姑娘想赚钱不难……”姑父紧接着说。

听着从自己亲人嘴里说出来的荒唐话，陈寂努力克制住身体的颤抖。视线被泪水糊住，她只觉得喉咙发紧，眼前阵阵眩晕。

“我记得，爷爷临走前，我爸托你帮他捎过一笔给爷爷的治疗费。”陈寂抬手用力地抹了把眼泪，然后面无表情地抬眼看向姑姑，冷静地开口道，“其实你根本没给爷爷，而是自己留下了，对吧？用那笔钱来预付未来半年的住院费和护工费，足够了。”

“你……”姑姑气得跳脚，指着她大声吼道，“那是你亲爹！你不想着怎么赚钱给你爸治病，倒跟我算计起来了，你是不是人！学校就是这么教你做人的？！当时照顾你爷爷，杂七杂八的，我不用花钱买吗？你爸工作忙走不开，托我帮他照顾你爷爷，我倒是成拿钱不办事的冤大头了！”

陈寂咬着唇，没有说话。

“你还想去读大学，是吗？”姑姑质问她。

“是。只要你先把那笔钱拿出来，之后需要的费用，我会想办法去赚。”她抬眼看着姑姑，冷静地说，“我要读大学。”

“你再说一遍！”奶奶被姑父搀扶着走到她面前，瞪着眼睛问。

“我要读大学。”陈寂重复了一遍自己刚才说的话。

“啪！”奶奶抬手便是一巴掌，狠狠地打在了她的脸上。

“疯了，疯了……当初你爸要养你，我说什么都不应该同意……自作孽，我真是自作孽……”

“弟弟，你快睁开眼，看看你自己生的好女儿！”姑姑朝着ICU紧闭的大门大喊大叫，“人家要去读大学，去享福，留你一个人在这儿躺着，没人管你！谁管你啊？！”

“这里是医院！要喊回家喊去！”医生猛地推开抢救室大门，对哭天抢地的姑姑怒声吼道。

姑姑立刻噤了声。

医生紧接着说：“这是患者的就诊卡，你们家属拿着，现在去一楼大厅交住院费。” 见他们没动静，医生又问道，“你们谁去交费？”

姑姑立刻退到了一旁。

“谁去交费？”医生又问了一遍。

“我去！”陈寂走上前，接过了医生手里的就诊卡，而后转身走向楼梯。

陈寂只觉得头重脚轻，整个人像在飘，她只能紧握住扶手，才能安全地迈下台阶。

她魂不守舍地往缴费窗口走去，面色平静如常，只有眼泪顺着脸颊如断了线的珠子般无声地滑落。

走到门诊大厅时，突然有急促的救护车鸣笛声由远及近传来，陈寂看到几名急诊科的医护人员急匆匆地推着一张担架床从医院大门快步走了进来。

她下意识地避让，走到了最右侧的缴费窗口处，余光注意到医护人员齐力把担架床推到了不远处的急诊室门口。

“家属呢？患者家属去哪儿了？”急诊室的医生焦急地问。

没人应声。

“林惊野家属！林惊野家属在吗？”医生抬头喊道。

顷刻间，陈寂的耳畔轰的一声巨响。她的大脑还没反应过来，脚步就已经飞奔到了急诊室门前，看清了躺在担架床上的少年那张苍白而熟悉的脸。

“我是！我是家属！”一个女孩儿的声音突然从她的身后传了过来，带着哭腔说，“我是他女朋友……”

“他父母呢？”医生问。

“他妈妈刚下飞机，马上就到。”

“行，现在安排手术，家属去手术室外面等。”

陈寂的大脑一片空白，她亦步亦趋地跟随着女孩儿来到了手术室外，看到了沉重紧闭的手术室大门和大门上方亮起的刺眼红色灯牌。

她麻木地站在一旁，呆愣地望着眼前这个长相漂亮的陌生女孩儿，心中一片混沌和茫然。

女孩儿正垂着头坐在走廊冰冷的长椅上，脸上泪痕交错，手里紧紧地攥着手机，一遍遍地点开微信聊天页面里的语音对话消息。

“祝我亲爱的小野同学生日快乐，一生一世都平安顺利。来自爱你的雨柔小天使。

“林惊野，如果你哪天敢丢下我不管，我就一直一直等你，再也不要去喜欢别人了。

“林惊野爱护了那么多小朋友，这次换我来爱护我最、最、最喜欢的林惊野小朋友！”

第十章
我没有办法忘记你

“把这些事都讲出来，心里舒服点儿吗？”医科大的女生寝室里，程思芮躺在床上问陈寂。

“嗯。”陈寂回答。

“你确定明天不去医院看看吗？”

“不看了。”

陈寂至今还记得自己上一次在医院的样子。当时，她被不专业的医生误诊，中午独自坐在空荡且有些昏暗的候诊大厅里等检查报告，在挂掉了何予然打来的电话后，看着眼前的一排病房，她有些绝望地幻想着自己确诊后的样子。

然后，忽然，她很想再见林惊野一面。可他早就有女朋友了，甜蜜恩爱，没闹过分手，谈了将近六年。

陈寂高考发挥得不错，超过了 B 大医学部的录取分数线几十分。但在填报志愿时，她放弃了梦寐以求的 B 大医学部，选择了位于市内的医科大学，读了七年制的本硕连读专业。

至于爸爸，在平稳地度过危险期后，全家听从医生的建议，就将他送去了市郊的一家疗养院，由专业的护工照料。

开学后，陈寂和每一个大一新生一样，办理入学，参加军训，上课，没有和周围任何人提起过自己家里的情况。她把自己的时间安排得满满当当，在室友们去参加学生会或社团组织的活动时，一个人去外面打工，做各种各样的兼职，然后按时给康复中心缴费，在每个周末去疗养院看望爸爸。

高考后的那个暑假，她心力交瘁，毫无察觉地迅速消瘦了下来。大学寝室的两个室友都是她的同班同学，一个是性格豪爽、行事洒脱利落的程思芮，一个是有小公主脾气、喜欢在网上分享美妆经验的姚沐晴。

“陈寂，你能不能学着打扮一下？白白浪费你这张漂亮的脸，我实在看不过去了。”开学没到一周，姚沐晴就一脸忧愁地看着她说。

“我漂亮吗？”陈寂怔怔地问。

“你长得还不漂亮？”姚沐晴把她拉到自己座位上的梳妆镜前，指着镜子里的她，略显激动地说，“你没发现你的眼睛特别大，特别好看吗？你的鼻子也很高、很翘，我羡慕极了！”

陈寂呆呆地看着镜子里的自己，一时不知该做出什么反应。

姚沐晴却不管她，自顾自地继续往下说：“你这是典型的浓颜系长相，适合画偏浓一点儿的妆。你每天素颜，起码封印了你一半的颜值。”

“还有你这个奇奇怪怪的刘海儿，我求你把它弄上去行不行？明显把你另一半的颜值封印了！

“我现在教你化一个妆，你以后可以用我的化妆品，按照我教你的方法化。

“还有你这些衣服，你这个黑色吊带背心，夏天完全可以外穿，真不用在外面再套这么肥的短袖！

“你这些宽松的短袖，如果非要穿，就把下面的衣摆塞进牛仔裤里，或者在腰上打个结。”

陈寂照着姚沐晴的指导，重新把自己捯饬了一遍，直到姚沐晴满意为止。

从开水间接开水回来的程思芮瞥了陈寂一眼，开玩笑道：“真不错！你以前在你们高中是不是校花？”

怎么可能？！

陈寂摇头：“我以前很胖。”

“果然胖子都是潜力股。”程思芮摇头感叹。

之后的一段时间里，陈寂一边忙着上课和做兼职，一边在姚沐晴的鼓励和指导下，逐渐学会了化妆，改变了自己的穿衣风格。

时间在忙碌中被按下加速键，转眼就到了大三。这一年，陈寂遇到了何予然。这是第一次，她开始认真地去想，自己是不是可以忘掉林惊野，重新喜欢上一个人。

何予然和她选择了同一门选修课，让她印象最深的是，何予然出现在教室门口时穿着粉色的休闲 T 恤衫，嘴里含着一根棒棒糖。

记忆深处的某个开关在看见这一幕的时候突然被打开，她第一次产生这样的想法——这个世界上是不是还可以有另一个像林惊野那样的人？而这个人，才是命运给予她的礼物，是对的人，是真正属于她的人？

何予然走进教室，主动坐在了她旁边的座位上。生物实验课需要两人为一组做实验，他们很自然地结成了一组。

何予然很活跃，喜欢举手回答问题，也很喜欢笑。

何予然不爱早起，早课永远迟到，永远会在要上课的前一晚给陈寂发消息说，明天帮他签一下到。

林惊野上课也一定很喜欢回答问题吧？陈寂甚至能想象出他高调地把手举起来，然后泰然自若地站在阶梯教室里讲出那些他自己探索出来的人生哲理的样子。

不知道林惊野上早晨八点钟的课是不是也会迟到，如果迟到了，谁来帮他签到呢？江雨柔吗？

应该会是江雨柔，她在微博里发过的，这学期他们选了同一门公选课，时间在每周一的早八点到早十点。

在江雨柔的微博里，陈寂看到过R大傍晚时分夕阳染红天际的美景，看到过海淀食宝街琳琅满目的美食，看到过节假日里人山人海的南锣鼓巷，还看到过深夜凌晨灯牌闪烁的后海酒吧街……而江雨柔镜头下的每一处绚烂风景，都有林惊野参与其中。

酒吧的高脚凳上，林惊野抱着吉他，为他心爱的女孩儿弹唱了一首《告白气球》。

江雨柔录下了这段视频并发布在微博上。陈寂下载了下来，不知道反复看了多少遍，听了多少遍。

她不知道原来他唱歌这么好听。

然而即便再好听，这首歌也不是唱给她的。

这首歌不是唱给任何别的人的，是单唱给江雨柔的。

就像唱歌的人，不属于任何其他人，只属于江雨柔。

究竟要怎样才能释怀，怎样才能放下，陈寂在和何予然相处的过程中，慢慢地摸索着答案。

每当看到何予然，她都会下意识地想到林惊野。何予然的一举一动，在她的眼中都变成了——林惊野大概也是这样的，或者林惊野一定不会是这样的。

陈寂努力让自己摆脱这样的想法，努力一遍遍地告诉自己，何予然只是何予然。

她努力让自己去试一试，试试看自己到底会不会对何予然心动。

然而，尝试的结果——她失败了。

“陈寂，我终于发现你只是外表单纯无害，实际上和我想象的根本不一样。你对很多事情的看法都和我不一样，而且你很坚持自己的想法，从来不肯听我的。”

陈寂笑了：“原来你才发现。”

“我承认，我没办法再继续喜欢这样的你。我和你相处得越多，越觉得你陌生。

“比如，你总是喜欢圣母心泛滥地去帮别人，明明那对你一点儿好处都没有。

“还有，你明明有转到临床热门专业的机会，但你非要坚持留在这个专业，而你给我的理由是你喜欢。

“如果你愿意改变，或许我们可以尝试着在一起。我很喜欢咱们第一次见面的时候，你给我的第一印象——乖巧、善解人意，而不是像现在一样。”

“不用了。”陈寂说。

“你为什么就不能改变呢？我真的想一直喜欢你。”何予然很不解。

“你不用一直喜欢我。刚认识的时候了解不多，你觉得你喜欢我，后来了解得多了，你发现你不喜欢我了，这很正常。别勉强我，也别勉强自己。以后别再联系了。”陈寂转身要走，忽然想起什么，转过身，微笑着看着他，说出的话坚定有力，“虽然我让你很失望，但——我很喜欢我自己，一直！”

何予然愣在了原地。

陈寂笑着转过身，鼻腔酸涩，微微仰起头，忍住了眼泪。

不愧是林大师，说过的话既简单又富有哲理，实用性这么强。

回学校的路上，空中突然有雪花落下。陈寂独自走在空旷的街道上，她只戴了一只耳机，轻飘飘的歌声传到了她的耳畔——

“众里寻人，错爱只是为真爱做证。”

“错爱只是为真爱做证”，可那个真正对的人，究竟在哪里呢？

林惊野不是那个对的人，何予然也不是。

雪下得更大了，陈寂没留心，脚一滑，差点儿摔倒，幸亏她伸手稳稳地扶住了路灯。

校园外的街道上有挽着胳膊的情侣约会回来，从她的身边走过。他们手里捧着热奶茶，边笑着聊天边紧紧搀扶着对方。

陈寂缓缓地松开了扶住路灯的手，却发现腰扭到了，疼得她几乎不敢再动一下。她鼻尖猛地一酸，忽然觉得很委屈，此刻的自己是多么狼狈又孤单。

可是，又何止是此刻呢？

她一直都是狼狈又孤单，一直都是。

她下意识地打开手机，点进了经常访问的林惊野的微博。他最新的一条微博，发布的时间是刚刚，写着："B 市又下雪了。本东北人表示真的很不喜欢下雪。滑了一跤，差点儿腰椎间盘突出。"附图是 R 大校门口映着鹅黄色落雪的路灯。

陈寂鼻尖被冷风吹得通红，她被逗笑了，可就在眨眼间，眼泪却顺着脸颊悄然滑落了下来。

怎么办，林惊野？我还是失败了。

为什么你可以这么轻易地遇见那个对的人，而我却不行？

为什么在你已经可以享受当下全新生活的时刻，我却还是没有办法忘记你？

时间拉回现在——

"其实，听完整件事情的经过之后，说真的，我不觉得你配不上他。"程思芮从床上坐起来，看着陈寂，认真地说，"你完完全全配得上他！你真的特别好，你知道吗？"

陈寂被她逗笑了，眼睛有点儿发酸。

"你说你这么喜欢他，还在心里憋了这么多年，不难受吗？"

"他不会喜欢我的。"陈寂说。

"你不试试怎么知道？当初是你故意疏远人家，连继续相处的机会都不给，你怎么能断定人家不喜欢你？他深入地了解过你吗？他见过现在的你吗？"

陈寂苦涩地笑了笑："他有女朋友了，而且他们之间感情很稳定。"

程思芮沉默了一瞬，最后烦躁地开口道："算了，现在说这些没什么用了，向前看吧！”顿了顿，她又道，“我待会儿就收拾东西回家了，明天你还去疗养院看叔叔？”

“嗯。”陈寂点头。

“那你路上注意安全。”

“好。”

程思芮乘坐的高铁凌晨发车，学校离车站不远，将近零点时，她才拖着箱子离开宿舍。

陈寂在洗漱完毕后就关灯爬上了床，正准备睡觉，忽然听见手机铃声响了起来。

是疗养院的护士打来的电话。

她以为又是需要她买什么东西，或者有什么事情需要她去处理，毫无心理准备地接起了电话。

“请问是陈小姐吗？我是江滨疗养院的护士。您赶紧过来一趟吧，陈叔……陈叔他不行了……”

“好……好……”陈寂仓促地挂断电话。她脑中一片混乱，抖着手去摸梯子，爬下来一半才想起手机还在床上，又匆忙伸手去摸，一不小心手肘撞到床角，猛地扭了一下，伴随着强烈的疼痛，眼泪在一瞬间涌了出来。

她双手紧紧地抱住梯子，紧紧地抱着眼前唯一的支撑物，终于抑制不住地大声痛哭起来。心脏像被一只手紧紧箍住，痛得她几乎不能呼吸。泪水从脸颊滚落，她哭得肩膀颤抖，喉咙发疼，浑身都脱了力。

六年了！

她已经这样努力地坚持六年了，为什么不能再给她多一点儿时间？

为什么上天一定要把爸爸的生命夺走？

到底为什么？！

她明明已经很努力了……

凌晨夜里，陈寂独自打车去了疗养院，在病房里看到了已经离世的爸爸。她走上前去，平静地给他穿上寿衣，然后打电话联系殡仪馆，看着他被车拉走。之后，她也乘车去了殡仪馆，选了一个盛放骨灰的小盒子。

第二天一早出殡，天色微明时，陈寂回到了家中。

陈芷婷和姑姑、姑父都在家，很多面孔陌生的亲戚也纷纷赶了过来。姑父请了一个专业的人来安排丧礼。按照指示，陈寂端着盛满生米的电水壶去厨房接水。路过客厅的时候，她面无表情地从正跪在爸爸遗像前大喊大闹的陈芷婷身边走过。

“跪在地上哭的那个姑娘，是小寂吗？”有不常联系的亲戚好奇地问道。

“不是，那个是芷婷。小寂是旁边那个。”姑奶奶回答亲戚。

“她看起来还没有她妹妹伤心。”

…………

陈寂默默地端着泡好米的水壶去了祭拜的地方，烧纸、洒米、磕头……完成了全部仪式后，时间已经到了早上七点，灵车从小区大门外驶入，停在了家门口。

一夜未睡，陈寂披着孝服跪在灵车前，只觉得眼前的平地在加速打转。她大脑缺氧，一片空白，完全停止了思考。

眼前黑影重叠交错，陈寂只觉得自己马上就要掉进黑暗之中，她立刻用手扶稳地面，强撑住摇摇晃晃的身体。

她知道，接下来要给爸爸磕头，要坐上灵车，陪爸爸走完最后一程。

所以，她现在还不可以倒下，不可以！

“你怎么不给我舅舅磕头啊？！”

陈芷婷突然从她身后扑了过来，手掌用力地按住她的后颈，把她的头往地上压。陈寂想要挣脱，可浑身一点儿力气都使不上。额头被压上冰冷的地板时，陈寂忽然一点儿都感觉不到疼。

周围所有人都立刻躲得远远的，神色冷漠地围观着眼前这一出与自己无关的荒唐闹剧。

一向如此。没有一个人会站在她这边，每一次都是这样，一向如此。

陈寂麻木地看着地面，面如死灰。

为什么活着会这么艰难？

陈寂轻轻地闭上了眼睛，开始认真地想——

她到底为什么要活在这个世界上？

活着到底有什么好？活着只意味着失去，意味着不断地失去。所以，就让她狼狈不堪的人生彻底结束在此刻，是不是也没什么不好？

“长大不只有失去，还有收获。

“我一直觉得，人生就像一趟乘坐公交车的单向旅途。

“车上总是会有不同的人，有一些人会在中途下车，可也有另外一些人会在中途上车。

“成长从来都不只意味着失去。只要车还在向前开，我们就总有机会，在未来和一些美好的人相遇。

“姥姥只是先下车去等我们了。虽然我们只陪她走过了很短暂的一段路程，但至少在这段旅途里，我们和她都深爱着对方，感受过幸福。”

“小寂，当年你弟弟那件事，爸知道不怪你。

“因为那件事，这些年来，你受委屈了。

“你是个好孩子。以后慢慢地，一切都会好起来的。

“听婷婷说，你想考B大医学部，爸相信，凭你的能力，肯定没问题。

“未来我们小寂，肯定会成为一名特别优秀的医生。”

…………

脑海里的思绪越来越混乱，恍惚间，她看到了爸爸，还有林惊野，过往的一幕幕像走马灯一样在她的眼前重现。

“你再敢碰她一下试试！”忽然，一道熟悉的声音响起，将陈寂从黑暗的旋涡中拉了出来。

陈芷婷突然被人推倒，手背被尖利的指甲划出了长长的血痕。

“你谁啊你！凭什么管我们家的事！”陈芷婷愤怒地转头大喊。

“来，小寂。”本该回家的程思芮突然出现，咬着牙，把浑身狼狈的陈寂搀扶起来，“没事吧？头疼不疼？”

陈寂怔怔地看着她，轻轻地摇了摇头，毫无知觉地，眼泪顺着脸颊滑落下来。

“没事，我来了。”程思芮紧紧地握住她的手说，“我来陪着你。”

程思芮一路护着她，陪她在灵车前一次次地磕头，陪她一起坐上通往墓园的灵车，陪她在葬礼上向宾客们行礼，陪她把骨灰盒送去墓地，陪她选好公墓，在墓碑前祭拜……

一切都处理妥当后，在墓园登记处的石阶上，程思芮质问她：“陈寂，出了这么大的事，你不告诉我？”

“我……”一开口，陈寂才发现自己嗓音沙哑得不行，“我只是觉得，我自己可以。”

以为自己扛得住，以为自己可以一个人把所有事情都处理得很好，却没想到，原来自己还是这么脆弱。

“你怎么突然过来了？”陈寂问。

“咱俩一起买的那件同款的衣服，我在阳台上收错了，回家之后才发现你把钥匙放在里面了，还有那张你一直当成宝贝的祈愿卡。我着急给你，所以马上给你打电话，结果你没接。然后我就去疗养院找你，听护士说了你爸的事情，这才赶了过来。”

陈寂的表情僵住了。

“给。”程思芮从外套口袋里把陈寂的钥匙和那个她用来装祈愿卡的零钱包一起掏出来递给她。

陈寂怔怔地接过来，拉开零钱包的拉链，看到了那张小小的红色祈愿卡，和她不久前塞进去的一颗“阿尔卑斯”糖。

她保留着把糖和祈愿卡放在一起的习惯，每次当她觉得快熬不过去的时候，都会吃一颗糖，然后放一颗新的糖进去。

陈寂撕开包装，把糖轻轻塞进了嘴里。随着沁甜的草莓牛奶味在口腔里化开，恍惚之中，她好像看到了很久很久以前，少年侧躺在她旁边的病床上，眨着睫毛和她说话时的模样。

“我得出的另外一个结论是，林惊野写的祈愿卡真的很灵。这个祈愿卡可以保佑收到它的人平安顺遂，即便有万分之一的概率遇到了不好的事情，也一定能遇难成祥，逢凶化吉。

“因为林惊野是一个非常幸运的人，而每一个有缘和他成为朋友的人，都值得他把自己的幸运分给这个人。

“你不觉得咱俩很有缘分吗，陈寂同学？”

陈寂含着糖，指腹轻轻地摩挲着红色便笺上林惊野写的“陈寂平安顺遂，遇难成祥。林大师保佑你”，眼泪缓缓滑过嘴角，一滴接着一滴无声淌落下来。

谢谢你，林大师。

无论如何，我都真的很感谢，在我这不算幸运的一生里，曾经有幸能和你相遇。

初秋九月，研二上学期开学，陈寂一如既往地回到学校上课。

她表现如常，自己没有主动跟任何人提及家里发生的事，程思芮也没有把她的事对任何人说过。

陈寂告诉程思芮自己没事，然而程思芮看得出来，陈寂脑袋里紧绷的那根弦，随时有可能断裂。

陈寂开始整宿地失眠，却在白天勉强自己正常上课，交作业，给本科生做助教，和导师一起参加学术会议。

她的失眠症越来越严重，假期里，程思芮邀请她去自己实习期间租的房子里住，想帮她换一下环境来调整心情。

程思芮给了她很多建议，比如陪她去郊外看风景，陪她去逛街买衣服，陪她去按摩、做美容，可她总是说自己太忙，一一拒绝了。

直到一天傍晚，程思芮说自己要出门见一个朋友，问陈寂要不要一起去。

陈寂在听到她那个朋友的名字时，陷入了长久的沉默，然后点头答应了她。

那个朋友名叫徐璐璐，是陈寂在市实验中学的学姐，也是林惊野的高中同班同学，更重要的是，迄今为止她还经常在微博上和林惊野保持着互动。

徐璐璐这个名字仿佛一条线，即便再微弱纤细，却也在另一端连接着林惊野。

算一算，高中毕业以来，除了高考后的暑假在医院里的匆匆一眼，陈寂已经六年没再见到过林惊野了。

六年里，他在和另一个女孩儿交往，他们一起去西部支教，一起去国外旅行，一起去女孩儿的家乡 N 市，一起回到市实验中学，那个林惊野度过了三年高中生活的地方。

这些都是陈寂再清楚不过，却从来不愿意去想的事情。她不愿意去想，他和那个女孩儿相伴彼此走过了万水千山，而她日复一日地想念，却没办法在长达六年的漫长岁月里和他同行，哪怕是很短暂的一段路。

她自欺欺人地告诉自己，他们之间的故事还暂停在当年的地方。只要她重新按下播放键，他们就能一步跨过这六年的光阴，重续曾经浅薄的缘分。

“你最近参加的聚会挺多嘛。”她们等餐时，程思芮一边玩着手机，一边对徐璐璐说，“昨天你发的这张照片，拍得挺不错。”

“这张啊，这张是昨天我们高中同学聚会的照片。”徐璐璐看了眼程思芮手机朋友圈上自己发过的照片，轻描淡写地说道。

“高中同学聚会？”程思芮凑到徐璐璐身边，拿着手机问，“里面哪个是背着你劈腿的前男友？”

“最中间这个。”徐璐璐伸手在照片上指了指，“还没到中年就发福成这样了，还真是幸福肥。”

程思芮扑哧一笑：“还别说，他现女友也是，两人还挺有夫妻相。”

徐璐璐捂着嘴，也笑了起来。

一旁，陈寂夹菜的动作顿了许久，目光无意识地停留在程思芮的手机屏幕上。

“给你看看。”程思芮注意到陈寂的目光，把手机递给了她。

陈寂接过手机，一张背景是饭店包厢的大合照映入眼帘，明明有整齐排成两排的十几个人，可她一眼就看到了站在第二排中间靠右位置的林惊野。

他还是和当年一样，少年模样，意气风发，居然一丁点儿变化都没有。

“学妹，你看出来是哪个了吗？”徐璐璐问。

“这个吗？”陈寂收回落在林惊野身上的目光，把手机屏幕转过去，指尖指了指站在林惊野身侧的那个胖胖的男生。

餐厅里灯光昏暗，徐璐璐眯了眯眼，以为陈寂指的是林惊野，纠正道：“不是他。他是林惊野。”

陈寂停在手机屏幕上的指尖颤了颤。

不知过了多久，陈寂扬起嘴角笑了笑，温和地说：“嗯。”她又解释道，“我指的是他旁边的这个男生，学姐。”

“哦，没错，就是他。”徐璐璐说着，就要接过手机。

陈寂没反应过来，仍紧握着手机不放。

“学妹，你怎么了？”

陈寂回过神来，立马松开了手。

“还别说，林惊野真是一点儿变化都没有，还是这么帅。”徐璐璐瞧了眼屏幕上的合照，随口感叹道。

“没想到你高中同学里还有这么个大帅哥呢！”程思芮抢过手机，“有对象了吗？”

“人家马上要结婚了。”徐璐璐笑着说，“聚餐的时候他还和我们炫耀，说他下周就要和女朋友领证了。”

陈寂正端着一杯刚倒满的茶水，闻言手抖了一下，热水猛地溢出来，一下子烫到了她的虎口。

她被烫得眼眶一热，匆忙去摸桌上的纸巾盒，一滴眼泪却猝不及防地掉了下来。

“没事吧？”注意到她的动静，徐璐璐和程思芮一齐将目光投到了她的身上，急忙询问道。

“没事。”陈寂埋着头，有些语无伦次地说，“我去趟卫生间，去、去擦一下……”

话还没说完，她就攥着手里的纸巾迅速起身离开，在转过头的一瞬间，她睫毛颤动，泪珠簌簌地掉落了下来。

工作日的商场人不多，陈寂任由眼泪接连不断地涌出来，顺着脸颊一滴滴淌落到下颌。

他要结婚了……他迟早是要结婚的，这是必然会发生的事情。

所以，陈寂，你到底有什么接受不了的？

是你自己不撞南墙不回头，非要一直扮演一个掩耳盗铃的角色，妄想有朝一日可以峰回路转。

现在的结果只不过是你咎由自取，自作自受。

你凭什么这么难过？又凭什么这么不甘？

陈寂，你凭什么呢？

夜幕渐渐落下，聚餐结束后，陈寂和程思芮一起回到了出租屋里。

程思芮今天似乎很累，进门后甩掉鞋子就一头栽到了卧室的床上。陈寂换了拖鞋后脱掉外套，去卫生间洗漱完，才换上睡衣爬上了床。此时，程思芮已经埋在被窝里打起了呼噜。

陈寂目光幽幽地看向窗外，城市灯火点亮了静谧的夜空，光影交错之间，脑海中无数的回忆争先涌上心头，融进了影影绰绰的街景中。

她想起他们初见的那天，林惊野伸手挡在她的眼睛前面，笑着对她说“你别怕”。

她想起在医院住院部的病房里，林惊野一把扯开了隔在他们之间的帘子，好奇地打量她，在她输液时，往她怀里扔了一颗草莓牛奶味的“阿尔卑斯”糖。

她想起林惊野对向聪的妈妈说“您得向她道个歉”。

她想起林惊野在细雨绵绵的墓园里，对着安安的墓碑说“你姐很爱你”。

她想起林惊野带她和向聪一起去吃烤肉，询问她的梦想是什么；在匆忙离开医院时，不忘给她留下一张祈愿卡和五颗糖。

她想起林惊野在她眼睛痛得睁不开时，带她走出放映厅，对执意为难她的路昊宇说“你敢记她的名字试试”。

她想起林惊野把自己的帽子借给她戴，即便要跑步也非要追上来和她打个招呼，骑车载她回学校，叫她“陈医生”，在她让他慢点儿骑车时笑着说“遵命”。

她想起林惊野在值日时擅自离岗，只是为了把她掉落的胸牌交给她，结果却被德育主任责罚，在烈日下锄了一中午的草。

她想起林惊野在集训那天坐了四个小时坏的座位，脸色苍白，不断地用手捶腰，却仍然把好的座位留给了她。

…………

虽然这些并不能代表在那时的林惊野眼里，她是特别的——

那时的陈寂，有着臃肿的身体，穿着土气的衣服，留着难看的发型。

那时的陈寂，故意逃避他、不理他，故意说出最难听的话去伤害他。

那时的陈寂，如果不是那么自卑，自卑于自己糟糕的外表和性格；那时的陈寂，如果不去做那样的事，不去将那样伤人的话说出口——

是不是她和林惊野就不会形同陌路，走到今天无法挽回的这一步？

是不是她就可以继续参与林惊野未来的人生？而不是到如今一次都不敢去联系他。

是不是，她就不会像现在一样，这么想念他？

她真的，好想念他。

陈寂的心脏越来越痛，猛烈的痛感从胸腔蔓延到四肢，让她全身上下的每一寸皮肤都痛起来。

这些年来，她独自走过了这样曲折的路，这样坚强地扛过了这样多的苦难。程思芮说她很棒，说她是生活的勇士，勇士理应得到命运的嘉奖。

嘉奖吗？

那命运可不可以嘉奖她去联系林惊野？

可他要结婚了。

如果她加了他的联系方式，于他而言，会不会是一种打扰？

她真的无意去打扰他，她知道他要结婚了。她不会打扰他的，她只是……她只是，想让他再认识一下她——

她想让他知道，现在的陈寂变得很好了。她变漂亮了，成绩也很优秀，人缘也变好了，周围有越来越多的人喜欢她……

他应该知道的。

他也应该知道，当年的那个陈寂，并没有讨厌他，并不是故意说出那样难听的话去伤害他的。她想向他解释清楚，让他不要再讨厌她。

她想联系他，也只是想告诉他这些，而不是刻意去打扰他，去告诉他，她究竟有多么喜欢他。

他马上要结婚了，她知道的。

“你又一整晚没睡？”

音乐铃声奏响，天色蒙蒙亮，程思芮迷迷糊糊地睁开眼，伸手关闭了手机闹钟，然后打着哈欠伸着懒腰问道。

“嗯，失眠了。”陈寂嗓音沙哑，笑了笑说。

“不是跟你说了客厅茶几的抽屉里有褪黑素吗？怎么没吃啊？”

“忘了。”陈寂依旧笑着说道。

“白天你也没什么事，待会儿吃完早饭赶紧去吃片药，然后好好睡个觉。”

“好。”陈寂说。

“陈寂！”程思芮拿起手机看了一眼，突然兴奋地喊她，“我同事说和我换个班，我今天休息，不用上班了！”

“真好。”陈寂笑容不减。

“美好的一天，舒舒服服地从我的小床上度过喽！”程思芮说着，捧着手机躺回了床上。

“思芮——”陈寂忽然开口问道,“我可以加一下徐璐璐的微信吗？”

“徐璐璐？”程思芮疑惑地看向她，“可以啊！你加她的微信干吗？想看八卦啊？”

“我……我想问她要一下林惊野的联系方式。”

“林惊野？”

“就是我之前和你说过的那个，我暗恋了很久的男生。他是徐璐璐的高中同学。”陈寂平静地补充道，“就是那天的照片上，你说长得很帅的那个人。”

程思芮盯着她，沉默了很久，开口问：“他不是马上要结婚了吗？”

“嗯。”

“那你还要联系他？”

“我不是想表白，或者想破坏他们之间的感情。”陈寂解释道，“我就是想加一下他的联系方式。”仅此而已。

程思芮沉默地看着她。

“对不起。”陈寂忽然开口，连她自己都不知道究竟是在对谁说。

“小寂，我知道你现在……我知道你现在情绪还没恢复。”看她这样，程思芮心里也难受，迟疑地开口道，“不过我觉得咱们应该向前看……要不我带你去参加联谊吧？或者加个交友群？我帮你搜搜！我的几个同事大姐要给她们的侄子介绍对象，我还和她们提起过你呢！我现在就帮你要照片……”

“思芮。”陈寂哑声打断她，一开口，眼泪就不受控制地流了下来。她哽咽着继续说，“你可以帮帮我吗？求你了。”

程思芮愣住了，放下手机，抬手轻轻地帮她抹了下眼泪。

“你别哭。”她说，“我帮你。”

程思芮很快就收到了徐璐璐的回复，但她说现在忙，需要等到晚上。正好晚上她男朋友要和林惊野一起开个会，到时候让她男朋友跟林惊野说一声，然后让陈寂加他就行了。

于是，陈寂就这样熬到了晚上。七点钟左右，程思芮收到了一条来自许璐璐的微信消息，是一张徐璐璐和她男朋友的聊天截图，她男朋友发来的语音条被她转换成了文字：“我刚才和他说了，说他有个叫陈寂的学妹，想加他微信问他点儿事。他问我是R大学生会的陈寂还是S大民乐团的陈寂？我也不知道是哪个啊……反正他说直接推他的微信给对方就行了，你给他推送名片吧。”

程思芮把手机拿给陈寂看。

陈寂怔怔地盯着屏幕上的这句话，眼泪无声地涌出来，滴落在手机屏幕上。

“他好像不记得我了……”陈寂喃喃自语道。

“也正常，这都多少年过去了……”程思芮安慰她说，“徐璐璐说已经把他的微信推给你了，你加吧。”

陈寂忍着鼻腔里的酸痛，伴随着突然强烈的心跳声，点开他的名片，抿着唇按下了添加键。

对方几乎立刻通过了好友申请。

陈寂开始编辑第一条消息：“学长，你好！我叫陈寂，和你读一个高中，你还记得我吗？”

很简单的一条消息，陈寂反复看了好几遍，才终于发了过去。

她心跳如擂鼓，对方却迟迟没有回复。

终于，一条新消息弹了出来，对方只回复了简单的两个字——

“抱歉。”

抱歉，我不记得了，是这个意思吧？

在看到这两个字时，陈寂的眼泪如山洪奔涌而出，铺天盖地，难以遏制。

“我现在有点儿事，稍等。”他又发来一条消息。

“好，学长你先忙。”陈寂咬着颤抖的嘴唇，迅速回复。

几分钟过后，陈寂接连收到了几条消息。

“现在可以了。

“183×××××××××。

“你的电话号码是多少？要不我们打电话聊？”

陈寂整个人僵住了，眼泪鼻涕糊了大半张脸，泪水还在不受控制地拼命往外涌。她有些慌乱，求助般地问程思芮说：“怎么办？他说要和我电话聊……”

“啊？”程思芮讶异了一瞬，接着说，“那不挺好的？正好你可以听听他的声音。”

“可是……”

可是她在哭。

陈寂脸颊绯红，哭得嗓音沙哑：“可是我现在……根本接不了电话。”

程思芮叹了口气，说：“那你拒绝他，跟他说你现在有事，如果他不想打字的话，就让他给你发长语音。”

陈寂点点头，采纳了她的意见，然后低头慢吞吞地打字回复：“我现在不太方便接电话，你可以给我发长语音。”

“这样啊，没事。”林惊野回复道。

陈寂正要松口气，对方却又回了一条信息——

“那等你过会儿方便了，咱们再电话聊。”

陈寂愣愣地看着眼前的这一行字，沙哑的嗓子再也发不出任何声音。

第十一章
冬日里绚烂的花

过了一会儿，陈寂终于平复了心情，擦了眼泪，给林惊野发了条信息："我现在可以了，学长。我的电话号码是159×××× ××××。"

很快，一串数字在她的手机屏幕上跳动起来。陈寂用手指轻轻地揩去屏幕上的泪珠，然后手指微颤地按下了接通键。

"喂——"

林惊野声音响起的一瞬间，陈寂没有忍住，鼻尖再次发酸。

这是真实的、来自林惊野的声音，手机里的小小听筒像是可以穿越时空的隧道，让她再一次和他离得这样近，仿佛此刻他就在自己身边。

"学长好。"陈寂努力压抑着心底的情绪，礼貌温和地说，"这么晚打扰学长了。"

"没事，不用客气。"林惊野笑着说，"孙嘉淮已经简单地和我说了一下你这边的情况，你表妹想报考R大的哲学专业，是吗？其实如果有什么问题，你可以让她自己来问我，免得辛苦你做中间人和我聊。”

自己的表妹想报考R大的哲学专业，这是陈寂想出的用来添加他联系方式的蹩脚理由。

陈寂眨了眨眼，仰头含了下眼泪。

和你聊天怎么会辛苦？

你永远都不会知道，我有多喜欢和你聊天，喜欢到你对我说过的每一句话我都记得清清楚楚。

“她最近……情绪不太好，我替她问一下，回头告诉她就行。”陈寂解释道。

“这样啊，那行。

“其实哲学专业没有想象中那么不容易就业。我觉得学什么不重要，喜欢学、能学好才重要。而且我一直相信，不管学哪个专业，都必须发自内心地热爱它，才能把它学好。

“我在选择学术的这条路上一直挺坚定的，主要和我的人生观以及个人经历有关系。对我来说，人生短暂又无常，实在没有太多时间用来犹豫和浪费。如果真的有喜欢的事情，就一定要利用有限的人生坚持做下去。”

“嗯。”陈寂说。

“你表妹情绪不好，是因为家里人不同意她读这个专业吗？”林惊野问。

“不全是……”陈寂回答道，“还因为她发生了一些……不太好的事情。她家里发生了一些变故，又遭受到了一些不好的对待，觉得生活很辛苦，对生活很失望，很多痛苦压抑在心底，她觉得没有人会懂……”

林惊野沉默了片刻，说："那你可以告诉她，我懂。在我很小的时候，我爸妈就离开我了。两个人各自出国，组建了自己的新家庭，把我丢给我姥姥养。后来，我高二那年，我姥姥去世了。大一那年，我遇到了一个对我特别好的老师，暑假的时候，我们一起去参加社会实践，他为了救人，也意外去世了。"

"那两次，我都心脏病发，差点儿离开这个世界。"林惊野无奈地笑了笑，"有时候真觉得自己挺孤单的，想着是不是注定要一个人辛苦地活着，找不到哪怕一个可以陪伴自己的人。"

"不过可能是因为我天生乐观吧，一直没有丧失对生活的希望，所以有幸遇见了很多很好的人，也有幸遇见了那个我可以相伴一生的人。"林惊野说着，语气开始变得温柔，"你可以把我的这些经历都告诉她，希望可以鼓励她。我希望她也可以相信，只要认真努力地向前走，就一定能够和生命中还没发生的美好相遇。"

"好，谢谢学长……"陈寂向他道谢，声音里夹杂着哽咽，听上去像是还有话要说。

"不客气。"林惊野说，"你还有什么想说的吗？"

她想说，林惊野，我们好久、好久没见了。在好久不见的这些年里，我真的，很想念、很想念你。

她想说，林惊野，你从来都不是孤单辛苦地活着，我一直都陪伴着你，只是你看不见，也听不到。

陈寂吸了下鼻子，说："没有啦！这么晚了，你快休息吧。真的很不好意思打扰你。"

"没事，也没多晚，我晚饭还没吃呢。"林惊野轻描淡写地说道。

听筒里突然有轻微敲击手机按键的声音传来，他的嗓音里隐约含了笑意：

“那就先这样？如果还有问题，你可以随时联系我。”

“好。”陈寂应道，却终究没舍得主动和他说一句再见。

她心里清楚，这是她第一次，也是最后一次打扰他了。

不会有下次了，也不会再见了。

“那，拜拜？”

“拜拜。”陈寂的声音很小、很轻，然后，在他挂断之前，主动按下了挂断键。

她盯着微信聊天页面上他的头像看了很久之后，点开了他的朋友圈。

朋友圈的背景图是他和一个跟他穿着情侣装的女孩儿依偎在一起的背影，最新的一条动态的发布时间是刚刚。

文案是：“老婆就知道气我怎么办？”附图是一张聊天记录截屏。

雨柔Rainy：吃饭了吗，宝贝？

L：还没，饿得胃疼。

雨柔Rainy：哦。可我吃得好饱啊！

然后她连着发了三张美食图片。

L：？

评论区里热闹一片——

“哈哈哈，柔柔姐太可爱了！”

“野哥家庭地位可想而知。”

“领证那天直播吧，野哥！你俩的神仙颜值值得上一个热搜。”

“打完了？”见陈寂盯着手机许久没有说话，程思芮从洗手间走出来，甩着手上的水珠好奇地问她。

“嗯。”陈寂抹了把眼泪，笑着说。

“他想起你了吗？”

陈寂摇了摇头。

“那你没告诉他？说你是他高中的学妹，你俩在医院的时候还住在同一间病房？”

陈寂再次摇头：“不说了。”

如果一个人不记得，另一个人说再多都没有意义了。

“所以，你现在是彻底放下了？”

“嗯。”陈寂点头。

“那我就放心了。”程思芮松了口气，爬上床说，“明天要早起上班，我先睡了。”

“我去客厅待会儿。”陈寂强撑着笑容，拿着手机走下床，穿上了拖鞋。

“水我烧好了，你渴了就喝。还有，褪黑素别忘了吃。”程思芮提醒她道。

“好。”

客厅里，电视柜上的智能音响正在随机播放歌单里的歌曲。陈寂正想走过去把它关掉，却在听到歌曲前奏的一瞬间，身体倏地顿住。

正在播放的歌曲是《真相是假》。

“少年人善说谎话，一个眼神骗过天下。”

“你看过的温柔都是假，爱意也全都是假。”

“你爱过的少年全是假。”

“你珍藏的过去全是假。”

陈寂环抱着膝盖把头埋进去，蜷缩在沙发角落里，眼泪无声地汹涌而出。

那些她视如珍宝小心珍藏的过去，谁还记得，谁又已经忘了。

她的少年早就转身从他们之间的故事里走出去了，而她却一直站在原地傻傻地等。

可他不会再回来了。

他不记得她了，关于她的一切，关于她和他之间的那些过往，早就已经从他的回忆里彻彻底底地抹去了。

某一刻，陈寂甚至在想，他不记得自己也没有关系，反正曾经的陈寂那么糟糕。

可现在的陈寂变得更好了，所以，林惊野，我们可不可以重新认识一下？

毕竟我们未来的人生，还有这么多的时间。

我们来重新认识一下对方，可以吗？

或许，你是不是也可以喜欢我？

可惜在这漫漫余生里，她和林惊野之间再也不会有一个重新相识的机会了。

其实人的一生真的足够长，不出意外的话，大概会有七八十年那么长。然而如果想要去爱一个人，人的一生又会变得很短。短到有时候两个人不过擦肩而过几年，就错过了对方的一辈子。

此时此刻，二十五岁的陈寂知道，错过了林惊野七年的自己，已经错过了他的一辈子。

寒冬过后，春日将至。

下学期开学伊始，研二的学生们无一例外地投身毕业实习和招聘，在萌发的春意中为自己的未来奔波忙碌。

陈寂一边忙着上课和写论文，一边在网上收集信息寻找实习机会。

她的导师被临时安排去B市的一家医院进行坐诊交流，收到这家医院刚好在招实习生的消息，问她有没有去B市实习的打算，她点头说有。

后来，陈寂通过了医院实习资格的材料审查、笔试和面试，成功被录用。

在乘坐高铁去往B市的路上，陈寂随手点开微博，一下便看到了江雨柔晒出的一张红底白衬衣的结婚照和她附上的一篇“小作文”。

20××年×月×日，我和我的宝贝终于结婚啦！

来和大家说一说我对他的印象吧。

在遇见他之前，我一直觉得自己是一个足够乐观的人。那时候的我还没有意识到，其实自己在面对一些困难的时候，是非常悲观、脆弱的。

在遇见他之后，我才第一次知道，什么是真正乐观的人。即使承受了命运施加的许多不幸，他也依然可以保持积极阳光的心态，并且温柔善良地对待每一个人。

这一点真的很难做到，所以我很敬佩他。

不过在和他相处的过程中，他性格中的某些方面又有很大的反差，让我特别意外。

我没有想到，他这么开朗阳光的一个人，对于自己可以被别人坚定地喜欢这件事，心里居然不够自信。他说，今天喜欢他的人，可能明天就不喜欢他了。

所以我每天起床对他说的第一句话都是——林惊野，我今天也很喜欢你。我要做永远喜欢你的那个人。

爸妈和我说，虽然我和林惊野有了自己的小家，但一定要经常带林惊野回家看看，四个人的家更热闹。

我爸特别喜欢和他聊天，聊中外哲学，聊诗写诗，聊人生大道理……兴致一上来还非要拽着他喝几杯。我说了好几次他不能喝酒，我爸总记不住。因为这件事，我没少和我爸生气。

我读了大学才认识他，所以不止一次地在想，小时候的他会是什么样子，中学时的他又会是什么样子。

他自恋地说自己从小到大一直是“校草”，我问他，那是不是一直都有女生喜欢他。他说是。

我又问他，有没有哪个女生很喜欢他。他说没有。

他说，他是在遇见我之后，才终于感受到自己是可以被强烈而坚定地喜欢着的。也是在遇见我之后，他才开始愿意了解爱情，开始尝试着去爱一个人。

总而言之，谢谢大家的祝福。我们会永远陪伴在彼此身边，永远、永远！

陈寂静静地把这篇“小作文”看完，然后按熄了手机屏幕，转头看向了窗外飞驰而过的模糊风景。

眼前雾气弥漫，她压下鼻腔里的涩痛，突然想起自己曾经在研一那年和程思芮提起过，江雨柔是个多么勇敢、热烈的女孩儿，她有多么喜欢林惊野，又是多么简单直白地一次次对林惊野表达心中的爱意。

程思芮沉默了很久之后，对她说：“小寂，我说一句话，这句话对你来说或许有些残忍，希望你不要介意。江雨柔是个从小在充满爱的环境里长大的女生，她对爱与被爱这件事很熟悉并深有体会，所以会很坚定，充满自信。这是她和你不一样的地方。于你而言，这是最难跨越的一步，于她而言，却恰恰是最容易做到的事情。”

陈寂心里知道，程思芮说的没错。

其实她和林惊野之间错过本就是必然的，因为她真的很难变得勇敢。既然做不到，那就要承担后果。

然而自卑怯懦如陈寂，却在每一个辗转反侧思念他的深夜里反复设想过——

这些年来，如果她肯勇敢一点儿，他们之间最后的结局，又该会是怎样的呢？会不会不一样？

遗憾的是，如今的她，再也没办法知道这个问题的答案了。

陈寂在医院的实习生活简单而充实。她只偶尔跟随导师出门诊，大部分时间泡在住院部的办公室里，做一些记录入院患者病例之类的常规工作。

她每天的生活两点一线，白天早起上班，下班后熬夜看文献，写毕业论文。

三月末梢，有一个看上去年龄不大的女孩儿没有父母陪同，一个人来到她的办公室办理住院手续，来帮她办理住院的是医院里其他科室的一个护士，自称是女孩儿的邻居。

女孩儿十五岁，名字叫许鹤秋。陈寂翻开病例记录本，仔细询问她的个人信息、主要症状、过往病史、过敏史等基本情况。她在低头写病例的间隙，余光注意到女孩儿看向周围人的眼神有些胆怯，在身边护士给她戴上住院手环的时候，身体明显抖了一下。

“别怕。”陈寂抬起头，微笑着对她说。

许鹤秋怔怔地点了点头。

许鹤秋被安排在了一间双人病房里，和她同病房的是另一个和她年龄相仿的女孩儿，名叫钟可人。

和孤身一人的许鹤秋不同，钟可人有父母陪在身边。钟可人的父母租了一张陪护床，白天一起待在病房，晚上则轮流在陪护床上休息。

钟可人的妈妈温柔漂亮，会和女儿一起看视频追剧，边看边把切好的水果喂给女儿吃，偶尔也会把带来的水果分享给许鹤秋。

钟可人从来不吃医院食堂的饭菜，因为她的妈妈会给她做营养餐。有一天她突然很想点外卖吃，她的妈妈拦着不许，她的爸爸就在独自陪护她的那一晚，偷偷点了好多外卖给她吃。

某天清晨，陈寂在查房的时候，看见钟可人的妈妈正坐在病床上，伸手往女儿的脖子上挂了一个祈愿卡。

“这是妈妈托同事去求的，据说很灵的，一定能保佑我的女儿无灾无难，明天的手术顺顺利利。”

“真的假的？我才不信这些。”钟可人皱眉表示嫌弃，却还是扬起了嘴角，把祈愿卡拿在手上爱惜地摸了摸。

视线扫过一旁的许鹤秋，陈寂注意到她一直呆呆地盯着眼前的一幕，不知道在想什么。

很快，钟可人一家三口离开了病房，去检查室做术前检查了。此时，许鹤秋眼圈微微泛红，意识到陈寂还站在自己面前，连忙别开了脸。

“吃糖吗？”陈寂说着，从白大褂口袋里掏出一颗“阿尔卑斯”糖递给了她。

许鹤秋表情微怔，接过糖说："谢谢陈寂姐姐。"

"人在心里难受的时候，嘴里含着糖会好受点儿。"陈寂笑着说，"这是很久之前，姐姐的一个……学长告诉姐姐的，你可以试一下。"

女孩儿低下头，撕开糖纸，把糖含在嘴里，露出了难得的笑容。

"姐姐，我可以换一间病房吗？"女孩儿忽然问。

"为什么想换病房？"

"因为我在这儿住得……不太开心。我爸妈早就离婚了，他们现在各自有新的家庭，谁都不管我。我明天也要做手术，却收不到我妈妈送给我的祈愿卡。"女孩儿说着，仰头吸了下鼻子，"姐姐，其实我就是……有点儿羡慕她。"

陈寂沉默了片刻，开口对她说："你等我一下。"

陈寂回到了办公室，从办公桌的抽屉里翻出了一张红色便笺和一支黑色记号笔，制作了一张简易的祈愿卡，然后回到病房里，把祈愿卡递给了许鹤秋。

"给，姐姐给你做了一个。"

许鹤秋怔怔地接过祈愿卡，眼里泛起雀跃的光亮，神色好奇地反复打量起它来。

"虽然姐姐做的祈愿卡有点儿粗糙，不过相信有了它，小秋同学明天的手术一定会顺顺利利，平平安安。"

"谢谢你，陈寂姐姐。"许鹤秋开心地说。

"不客气。"

"姐姐，你有男朋友吗，还是已经结婚了？"许鹤秋突然眨着眼睛问她。

陈寂一怔，摇头笑了笑说："没有，我还单身。"顿了顿，她问，

“怎么突然问起这个？”

“没有……我就是觉得，姐姐你真的好漂亮，而且人特别好，善良、温柔，简直就是我的女神！”许鹤秋一脸真诚地说着，“我在想，究竟什么样的男生，才能配得上我这么好的医生姐姐。”

陈寂笑了，脸颊微微泛红。

“姐姐，你有喜欢的人吗？”许鹤秋紧接着问。

陈寂一怔，陷入了沉默。

“或者……以前有过吗？”许鹤秋见她不说话，试探地问道。

陈寂点了点头。

“姐姐，你喜欢的那个哥哥帅吗？他是个什么样的人？”

“挺帅的。”陈寂思索了一下，笑着说，“他是个很好的人。”

“他知道你喜欢他吗？”

“不知道。”

“你怎么不告诉他啊？”许鹤秋语气焦急。

“以前是不敢。”陈寂淡淡地笑了笑，“现在他已经结婚了，我还怎么告诉他？”

“可是你……都还没和他好好地道别……”许鹤秋皱着眉说道。

“不道别了。”陈寂望向窗外，目光温柔平静地落在被微风吹得沙沙作响的片片绿叶上，“不道别了，祝他平安。”

傍晚下班后，陈寂坐在公交车上，静静地望着窗外倒退的模糊街景发呆，她忽然想起许鹤秋今天早上问她的那个问题。

“姐姐，你喜欢的那个哥哥帅吗？他是个什么样的人？”

公交车驶过西三环，不知不觉间经过了 R 大的校门口。在等待红灯的间隙，陈寂看到橘色的落日霞光下，一群纯洁无瑕的白鸽正在对面商城的上方盘旋。

记忆的阀门因为眼前的场景而打开，她的脑海中忽然浮现出了很久很久以前，那个她喜欢的少年的模样。

她想，如果详细一点儿去描述他，她大概会这样回答许鹤秋——

“他长得很好看，皮肤很白，个子很高，穿的衣服颜色总是特别鲜艳。

“他学习成绩很好，大学毕业后保研直博，读的是他最喜欢的哲学专业。生活中，他最大的爱好是读诗和写诗。

“他是个很成熟的人，看问题很通透，很擅长用自己思索出的人生道理来鼓励和开导别人。

“他看起来有些桀骜不驯，不太好惹的样子，实际上特别善良、温柔。

“他身体不好，却绽放着强大的生命力，他阳光开朗，有爱心，喜欢养植物，会善待每一只小动物。

“他有一个很喜欢的女孩儿，他们俩是大学同学。这个女孩儿很好，优秀、漂亮、温暖、可爱，会勇敢直白地向他表达爱意，也非常爱他。

“他不记得，他曾经遇见过另一个女孩儿，而且对那个女孩儿十分照顾。那个女孩儿很喜欢他，喜欢了他很久很久，被他支撑着走过了一段很艰难的路，因为他而变成了一个更好的人。

“那个他不记得的女孩儿，名叫陈寂。”

许鹤秋的手术进行得很顺利，她办理出院手续那天刚好是周一，而陈寂需要在每周一跟随导师出门诊，所以只能在清晨查房时和她匆忙道别，并嘱咐她照顾好自己。

周一上午患者很多，号早已被挂满，陈寂和导师一直忙到中午十二点多，仍然剩一名患者没看诊。

导师带着上一个病人去了检查室，陈寂则一个人留在办公室里，等待最后的那名病患。

其他科室的同事都已经下班了，在路过诊室门口时喊她一起去吃饭，她摇头表示自己还有工作，让他们先去。然后，她从手提袋里拿了一个面包出来，撕开包装袋咬了一口。她早上走得急，没来得及吃早饭，此刻胃部早已不受控制地痉挛抽痛起来。

她的胃病是老毛病了，从大学时起，她因为吃饭和作息都不规律，有一段时间胃疼得整宿睡不着，无奈之下去学校的附属医院约了胃镜。

那是她第一次做胃镜，心中难免紧张，而跟她一起在等候室做准备的老爷爷和老奶奶明显比她紧张得多。

于是她装作一副过来人的样子，安抚爷爷奶奶的情绪，给他们讲述做胃镜的过程，让他们安心。她没做过胃镜，但林惊野做过。做普通胃镜的基本过程是怎么样的，林惊野曾经绘声绘色地给她描述过。

“我那个学长进去以后，一个医生突然推开门问他的家属在哪儿。当时我特别着急，以为他出了什么危险，都忘了手上还挂着水，拔了针就冲了过去。结果是他忘记取药，空着手就进去了。”陈寂笑着，指了指老奶奶手上拿着的黄色小盒子，“对，就是这个药。”

陈寂咬着面包，陷在被勾起的回忆里微微出神，突然被一道声音拉回了思绪。

“你们平时工作这么忙吗？连饭都顾不上吃。”

清脆的嗓音里含着笑，像幻听，偏又那么真实地穿透了空气，猝不及防地回响在她耳畔。

“其实你可以先去吃个饭，反正医生也没在。我在这儿等一会儿，不急。”眼前的男人接着说。

陈寂手上的动作僵住，仰起发麻的脖子看向了眼前人。只是匆匆一眼，她便赶在两人对视之前迅速低下了头。

陈寂只感觉鼻腔酸涩汹涌，眼眶很烫，眼泪瞬间蓄满了眼眶。她仓促地放下手里的面包，手指捏着口罩的边缘努力往上提，想要把自己通红的眼睛彻底遮住。

“你怎么了？”注意到她反常的举动，林惊野垂着眼，想要去捕捉她的视线。

陈寂无处可逃，扶着桌子猛地起身，含混不清地说了句“对不起”，然后抓起手边的面巾纸挡住脸，匆匆跑出了诊室。

为什么会这样呢？

眼泪夺眶而出，像是积压太久的情绪毫无预兆地爆发出来，没有道理可言，不受控制，成了身体本能的反应。

陈寂跑进洗手间，拼命把水龙头里的凉水扑到脸上，滚烫的眼泪混着冷水流下来。

她从来没有想过，自己还可以再次见到林惊野。

虽然，也只是以陌生人的身份，匆匆和他见上一面。

等陈寂整理好情绪，重新回到诊室时，却发现只有导师一个人坐在办公桌前，他正扶着眼镜认真地看着林惊野的 CT 片子和检查报告单。

“刚刚跑哪儿去了？”导师见她走进来，笑眯眯地问。

“去了趟洗手间。”陈寂说完，又迟疑地问道，“他……刚刚那个患者，已经走了吗？”

“嗯，走了。”导师点点头，又关切地问道，“刚刚那个帅哥说，我的实习生情绪不太对劲，让我关注一下。怎么了，最近太累了？”

“有点儿。”陈寂勉强笑了笑，眼角又是一阵酸涩。

“累了就多休息，身体永远排在第一位，知道吗？”导师说着，又问她，“中午想吃什么？叫上你几个师兄师姐，我请你们吃顿好的。”

“谢谢师父，我一会儿发微信问问他们。”陈寂的目光落在导师手里的片子上，忍不住问道，“他的病严重吗？”

“他之前在网上给我发过片子，有点儿棘手。我有个师兄很擅长这个领域，回头我问问他的意见。”导师脸色有些严肃地回答道，“国内外有一些相关的论文，我最近太忙了，手头还有好几个患者的病案，还没顾得上去查。你不忙的时候可以查一查，正好给自己多积累点儿经验。”

“好。”陈寂忙点头，说。

“人家小伙子说了，他等着手术成功之后办婚礼呢，我可不能耽误人家办喜事！”

“嗯。”陈寂笑了笑。

下午，陈寂坐在办公室里查论文，浑身乏累，提不起精神，便起身去附近的便利店，打算买罐咖啡喝。可在她取了咖啡，站在收银台前准备结账的时候，微信不知道出了什么故障，怎么都支付不了。

“抱歉，我不要了。”

对收银员说完，陈寂正要把手里的咖啡放下，就听见身后一道熟悉的声音响了起来——

“我帮你付吧。”

陈寂愣怔了一下，缓缓地转过头，只见林惊野身穿淡粉色T恤衫，头上戴着一顶白色鸭舌帽，正微笑着看着她。

“谢谢。”陈寂心脏猛地一颤，下意识握紧了手里的咖啡罐，仓促地向他道谢。

她注意到少年头上的鸭舌帽竟然是他高中时戴过的那顶。这顶帽子曾经被她小心翼翼地护在怀里，又藏进桌子里。那时的她，总是控制不住地去看这顶帽子，仿佛能在小小的帽子上看到她和他之间的未来。

可如今，他连她这个人是谁都不记得了。

“你们还没下班？”林惊野随意地开口问道。

陈寂“嗯”了一声。

“我的片子你看过了吗？以你的经验来看，手术成功的概率大不大？”林惊野又问，却是闲聊的语气。

陈寂沉默了一下，回答道：“客观上说，这种手术虽然操作上有些困难，以往的案例也不多，但其实风险性并不高，成功率很高。”

“那主观上呢？”他接着问道。

主观上说，手术成功的概率同样很大，因为林惊野一直是一个非常幸运的人。

陈寂静静地看着他，心底涌上酸涩：“主观上，心态要积极乐观。”

“那没问题，我心态一直挺好的。”林惊野绽开了笑容。

话音刚落，他的手机突然响起了铃声。他拿起手机看了眼屏幕，眉眼间笑意更深，立刻按下了接通键。

陈寂抿了抿唇，伸手指了下门口，示意她先走了。

林惊野冲她点了点头。

陈寂转过身，推开便利店的玻璃门走了出去，却在正准备关门的时候突然停住脚步，回头喊了他一声——

“林惊野！”

林惊野一愣，手里举着手机，抬起头看向她。

陈寂对他扬起了笑，宽大的口罩挡住了她明亮柔和的笑容，却遮不住她那弯成彩虹般的温柔眉眼。

“再见！”她朝他用力地挥了挥手说。

林惊野也笑了，同样对她挥了挥手：“再见！”

陈寂笑着关上了门，眼里盈满了泪光。

雨过天晴的傍晚，有一道绚丽的彩虹高高悬挂在天际。她微笑着走在街道上，轻轻仰起头，手掌挡在眼前，透过五指间的缝隙去看天空反射出的五彩斑斓的光线。

就让这一声再见，作为我们之间最后的道别。

再见了，林惊野。

再见了，我的少年。

为了帮助导师顺利完成这场手术，陈寂开始没日没夜地利用空闲时间查资料，翻译文献。可每到夜深人静时，她依然会忍不住想起他来。

她租的房子离 R 大很近，所以当她站在出租屋的落地窗前抬头仰望天上的点点繁星时，她总会恍惚地想，此时此刻或许林惊野就站在离她不远处，和她仰望着同一片璀璨的星空。

他们彼此之间的轨迹，重叠后错开，错开后又再次重叠。到最后，明明两个人之间只剩了咫尺的距离，却要用一生去跨越。

陈寂曾经不止一次地想到过下辈子。

她无数次告诉过自己，等到下辈子，她不要再做陈寂了——做陈寂太苦了。

可如果下辈子她不再是陈寂了，她又该如何遇到林惊野呢？

他们今生无缘，或许来生也一样无缘。

她忽然觉得，相较于无法预知的来世，今生其实还算有幸，至少曾经遇见了他。

她从来没有后悔过，自己曾在十五岁那年的夏天，遇见那个让她此生难忘的少年。

林惊野的手术完成得很顺利，他术后恢复得也不错。陈寂听说，他在出院那天，邀请了她的导师去参加自己的婚礼。

“我跟他说了，他的手术能这么成功，我那个出色的学生功不可没。”医院办公室里，导师乐呵呵地对陈寂说，“他邀请你和我一起去参加他的婚礼，时间在这周末。不用出份子钱，就是去热闹热闹，吃顿饭，沾沾喜气。”

“您去吧，师父。”陈寂推托道，“我就不去了。”

“周末也忙？”导师问。

“我有个朋友刚从国外回来，约我见面，时间正好在这周末。”陈寂解释道。

“男朋友？”

陈寂笑了：“的确是个男生，不过只是好朋友。”

导师心领神会，拍了拍她的肩膀，说：“还是见朋友比较重要，婚礼不用去了。对了，你们年轻人都喜欢什么？我合计带个礼物去，怕人家小两口不喜欢，你帮我参考参考。”

“您按自己的想法送就行了。”陈寂说。

“听说他喜欢读诗，我打算送他一套诗集，你觉得怎么样？”

陈寂笑了，点头说：“挺好的，他应该会很喜欢。”

导师想了想，又道：“我帮你也带个礼物过去吧，毕竟人家也邀请你了。人不到，礼物得送到。你想送他什么？费用我给你报销。”

“不用您报销。”陈寂继续笑着说，“我买好礼物给您，辛苦您帮我带过去吧。”

林惊野婚礼这天，陈寂乘高铁回了趟Y市。易南自从高考后一直在国外学画画，如今硕士刚毕业不久，便已经在业内颇有名气了。他最近打算办一场个人画展，把画展的举办地点定在了Y市。

他说自己打算回市实验中学找一找画展的素材和灵感，也想和她见个面叙叙旧。陈寂答应了他，和他约好在学校大门口见面。

“你变化太大了，我真有点儿不敢认了。”易南见到陈寂，惊讶地笑着说道。

“你也是。”陈寂微笑着说。

在国外孤身打拼多年的易南摆脱了少年时代的腼腆和羞涩，变得开朗而自信，身材挺拔，五官秀气，戴着一副银边眼镜，穿着一身灰色长款风衣。

而陈寂长发披肩，妆容明丽，穿一身卡其色束腰长裙，气质大方。

两人跟门卫打过招呼后，一起走进了教学楼，然后站在一楼大厅，仰头向被射灯照亮的优秀毕业生光荣榜单看去。

“叶潇、阮雨声、叶风、林絮、鹿鸣、林惊野、陈寂……”一些熟悉的照片和名字连着她自己的名字一起，接连映入了陈寂的眼帘。

无人知道这张小小的光荣榜上究竟藏匿着多少人的青春秘密，究竟承载着多少人的青春遗憾，但所幸，上面的每一个人都成了更好的大人。

“这次画展的主题，我想选择‘青春’。”易南望着眼前的光荣榜说。

“这次的主题终于不是春天了？”陈寂随口开玩笑，问完自己却愣怔了一瞬。

“春天不也是青春的一部分吗？”易南转头看向她，笑着说。

“嗯。”沉默片刻后，陈寂点了点头，释然地笑了。

陈寂陪易南在校园里拍了许多照片，听他向自己阐述了画展的核心理念和他擅长的绘画风格，而她对他提出了个人的一些想法和建议。

深夜里，陈寂独自在酒店房间休息，洗完澡后，她坐在沙发上用毛巾擦拭着湿漉漉的头发。忽然，深情婉转的歌声从窗外的街道飘进了她的耳朵里。

马路对面的音像店正在用音箱播放着张远的《嘉宾》。

陈寂苦笑了一下，感叹歌曲的应景。

她打开手机，翻看朋友圈，跳过林惊野发布的刺眼的婚礼邀请函，视线落在了易南刚刚发送的一条公众号内容的链接上。

这是易南自己经营的一个公众号，他偶尔会写一些随笔，记录创作灵感，或者分享一些日常画作。

今天他写下的内容，是一则故事——陈寂今天讲给他的一则故事。

一株生长在冬天的不会开花的小树，因为见过了盛放在春日的花，所以梦想拥抱春天，希望自己也可以开出春天的花。

可春天并不属于它。

春与冬之间，有着永恒的季节差。

最后，小树没能开出春天的花。

可小树顽强地生长，奇迹般地长出了嫩芽，最终开出了属于自己的冬天的花。

“它怎么会开花呢？”路过的行人问。

小树没有回答。

但它想告诉路人，其实他们并不知道，每个被埋藏在冬日的种子，都可以长出会开花的芽。

而它之所以知道这个秘密，是因为它曾经在凛冽严冬里，恰好遇见过热烈绽放在春日的花。

这则故事的配图，是他们高三毕业那天，易南用相机拍下的板报的一角。

照片里清晰可见一朵淡粉色的花和紧挨着这朵花的一句话：“春天的花，是冬天的梦。”

透过陈旧泛黄的照片，陈寂好像看见了市实验中学文科楼的走廊里，那个用手轻轻挡在她的眼前，满脸颜料却笑得灿烂的少年。

那个留给她五颗糖，为她写过祈愿卡的少年；那个像太阳一样积极热情，教会了她许多人生道理的少年；那个让她当作神明一样去信仰，每每在她挣扎绝望时带给她勇气和力量的少年……终究在岁月浪潮的反复冲刷下，消失在了时间的长河，与她不复相见。

易南的画展举办得十分成功，一时间引起了国内外的极大关注。他送给了陈寂一本画展的纪念画册，画册的名字叫作《冬天的花》。

研究生毕业后，陈寂留在了研二实习的这家医院，成了一名心内科的住院部医生。

她的导师主治先天性心脏病，在她负责的病房里，总是住着很多儿童患者。

小朋友们大都淘气、爱哭，不肯安分，于是陈寂常常利用休息时间给他们讲故事，也经常会和他们分享易南的画。

住院部楼下的槐树枝叶繁茂，很多小朋友喜欢在树荫下折纸、做手工。后来，槐树被挂上了各式各样的便笺，上面写着各种稚嫩却真诚的祝福语，或者画着各式各样简单可爱的图画。

有一天，陈寂在行李箱里翻出了那张自己保留了很久的祈愿卡，她垂下眼睛温柔地笑了，然后把它装进了自己的外衣口袋里。

第二天清晨，她来到住院部楼下，踩着梯子把祈愿卡挂在了树上。色彩缤纷的便笺中，那张小小的红色祈愿卡和上面几行飘逸的行楷字迹格外显眼。

“陈寂姐姐，后来呢？”心内科病房里，阳光将房间笼罩在光晕下，小朋友们听陈寂讲故事听得入了迷，不禁指着她手里的画册好奇地问道。

“后来，春天的那朵花忘记了小树，小树再也没有见到过它。”陈寂回答道。

“以后再也见不到了吗？”

“嗯，再也见不到了。”陈寂说。

“不行，那小树要怎么办啊？”

“对啊，小树该多想它啊！”

“小树好可怜……”

小朋友们你一言我一语，神情沮丧。

“没关系的。”陈寂温柔地摸了摸身旁小朋友的头，目光透过窗户落到了那张隐匿于斑驳叶片中的小小祈愿卡上。

忽然，一阵微风吹过，小巧精致的祈愿卡在阳光的照耀下随风飘扬，闪闪发亮。

“虽然小树再也见不到那朵花——”她神色温柔，语气轻缓地说，“但小树已经开出了一朵属于自己的花。”

一朵和春天的那朵花一样，勇敢而绚烂的花。

（全文完）

番外一
诗集里的祈愿卡

“妹妹，你以后和谁一起出去玩都可以，但是林惊野不行！”

闻清不止一次这样警告闻灵。

“凭什么？”林惊野不服气。

“因为你不光喜欢得罪人，还根本保护不了你自己，我妹妹和你待在一起，一点儿都不安全！”

小学时，林惊野和闻清、闻灵两兄妹是学校里出了名的野孩子。因为父母都在国外，所以每次学校开家长会，他们三个都是由家里的老人出席。

身边的同学喜欢针对他们，扯着嗓子问：“林惊野，你爸爸呢？”

“闻灵，你妈妈呢？”

闻清打架很厉害，每一次都会护着闻灵和林惊野。在有男生欺负他们的时候，闻清总是能够凭借一己之力保护他们。

可闻清一直对林惊野持敌视态度。

林惊野和闻灵都很喜欢小动物，两人经常会在课间偷偷跑到学校的后门，隔着大铁门的栏杆去看对面宠物店门口箱子里的小猫小狗。

闻清得知后，疾言厉色地警告自己的妹妹：“你不可以和林惊野单独出去！”他严肃地说，“他有心脏病，不仅保护不了你，还会拖累你，你到时候还得保护他！”

林惊野在听到这番话后气得不行，觉得自己的尊严受到了严重的挑战。出于某种逆反心理，他故意当着闻清的面和闻灵走得更近，一脸得意地在闻清面前耀武扬威。

同学们只要看到林惊野和闻灵走在一起，就会大声起哄，还有人特意去找闻清打小报告，凑在闻清的耳边说：“林惊野又把你妹妹拐跑了。”

某个周末的晚上，闻灵偷偷找到林惊野说：“我看到学校对面烧烤店的老板总是虐待一只流浪猫，待会儿我们去把小猫偷出来，然后把它送到救助站吧。”

林惊野答应了，并和闻灵一起去了那家烧烤店，趁没人注意，偷偷把小猫抱了出来，却在刚走出店门口时，被老板逮了个正着。

闻灵怀里抱着小猫，店老板手里拿着棍子追赶他们，两人情急之下飞快地跑了起来。

闻灵跑得很快，而林惊野没跑几步就开始觉得窒息，捂着胸口扶住电线杆，被迫停下了脚步。闻灵想要跑回来找他，却被他摆手制止了。

烧烤店老板脸涨得通红，明显喝了很多酒，手里的棍子胡乱飞舞，眼看就要落在林惊野的身上。

林惊野难受得无力反抗，正要闪躲，突然发现闻清出现在了他的身前。闻清将林惊野推到了一边，然后用尽全力死死地抱住了老板挥舞棍子的胳膊。

矮小瘦弱的孩子和高大肥胖的壮汉纠缠在一起，可想而知结局会如何——闻清被棍子打得浑身是伤。

路人见状，迅速报了警，闻清很快被送去了医院救治。闻清受伤不轻，虽然没有危及生命，膝盖却因为遭受重击而落下了病根，变成了一个和林惊野一样再也不能跑的人。

闻清和闻灵的父母知道了这件事后，强行把闻清接去了美国。他们本想把闻灵也一起接走的，但闻灵想留在国内陪奶奶，说什么也不肯和闻清一起离开。他们的父母最终妥协，同意她读大学时再出国。

林惊野知道，闻灵的父母一直不在她身边，她的奶奶身体又不好，闻清是唯一一个可以照顾她和保护她的人。然而他因为自己的不自量力，无可挽回地深深伤害了闻清。

从那以后，林惊野告诉自己，在闻灵出国前，他一定要尽自己最大的能力替闻清照顾她。

同时，他告诉自己，他必须变得更强大，不能再拖累与他有交集的任何一个人。

姥爷去世得早，爸妈离开后，林惊野一直和姥姥生活在一起。大姨经常回姥姥家吃饭，每次在饭桌上都嘱咐他要注意身体，少在学校惹麻烦。后来，大姨大概是知道了他改不了爱惹事的性子，怕他被周围同学抓住“患有心脏病”这个致命的弱点欺负，特意嘱咐学校老师保护他的病情隐私，不向其他学生透露。她也会对其他同学的家长说，我们家小野心脏是有点儿问题，但不严重，没什么大事。

小学毕业后，林惊野和闻灵被分到了同一所初中。

林惊野在网络上始终和闻清保持着联系。他也习惯了在生活中默默关注闻灵，在她生病、受伤或者遇到麻烦时出手相助。他很少和她有其他方面的接触，努力不给她造成更多困扰。

林惊野读高一那年，姥姥的身体开始出现问题，三天两头就会生病住院。他总会在放学后去医院照顾她，有时候忘了吃饭，有时候等姥姥睡下再熬通宵补作业，身体渐渐有些吃不消。

后来，他做了一个微创手术，在他以前常去的一家私立医院。

他被安排在了心内科病房里，因为之前经常来这个科室做检查，他和这里的医生、护士们都很熟悉。

他起初被安排住的那间病房照不到阳光，后来，他听说同楼层的一个阳面的病房有了空位，于是立刻申请换到这间病房住。

跟他同病房的，是一个和他年龄相仿的女孩儿。他对这个女孩儿有些印象，女孩儿比他低一届，今年中考从县城考上了市实验中学，是将要和他同校的学妹。

女孩儿文静、腼腆，不爱说话，和他横冲直撞的性格截然相反。他和护士闲聊时，护士提到了这个女孩儿的家庭情况。

她父母离了婚，独自在这里住院，来帮她办理住院的人是她的邻居。

护士说，一看这个女孩儿怯生生的性格，就知道她从小没有被好好疼爱过，有些可怜她。

“那你想办法安慰安慰她。”林惊野对护士说。

“我怎么安慰？要不拿你林大师精彩的人生经历来安慰她，告诉她，这儿还有一个和她一样孤苦寂寞的小孩儿？”护士开玩笑地说道。

“可以啊！”林惊野大方地说道。

于是，他主动把自己的糖分给她吃，在向聪抢占她的床位时赶走了向聪，在得知向聪的继母冤枉她时要求对方向她道歉。

对她好的原因很简单——出于同病相怜，因为自己淋过雨，所以想给同样淋着雨的她撑一把伞。

和她相处的过程中，他渐渐发现，她真的是一个单纯、善良的小女孩儿，喜欢热心肠地去帮助别人，有时还有点儿傻乎乎的。

印象最深的一次，是那天做完胃镜从内镜中心门口走出来，他发现正在输液的她为了去帮他取药，不小心拔掉了手上的针头。

心中总归有些歉疚，于是当天晚上，他主动提出要给她写一张祈愿卡，在第二天一早急匆匆离开医院时，他把写好的祈愿卡留给她，又把自己剩下的糖放在了祈愿卡的旁边。

他刚好剩下五颗糖，记忆中，她也刚好剩下五针没打。

高二开学，全校学生集体参加军训。在市实验中学的校园里，他又遇见了这个女孩儿。

这一年是学校开始组织军训的第一年，周围一些和他一样请病假不参加军训的同学，多多少少会被其他人议论和猜测病情的真假。他从不在意别人对自己的看法，但他知道，并不是所有人都像他一样。

比如她，就和他完全不一样。

看出了她的闷闷不乐和无所适从，他主动告诉她，健康最重要，别总是勉强自己。他说，自己认可自己才最重要，反正还有他陪她一起。

这些话都是他曾经用来开解自己的话，不知道能不能帮到她。

她曾经对他说过她想学医，他觉得她挺适合的。因为他不止一次地发现，每当注意到他有些不舒服时，她都会表现得非常紧张。不同于平常说话时的温声细语，她会提高音量，警告他注意身体。

还有一次她上晚自习迟到，他骑车载她回学校时，她竟然在他下坡加速时吼他，让他慢点儿骑。

想学医的人反差都这么大吗？

他发自内心地觉得，她生气的时候并不是很凶，只是有些严肃，却让他产生了一种不得不乖乖听话的感觉。

他问她想考哪所大学，B 大医学部还是市内的医科大，她说还没想好，没有回答他。

国庆节的假期结束后，闻灵突然转学来到了市实验中学。

照顾闻灵是林惊野太早就已经养成的习惯，所以在和闻清聊天，得知她最近高烧不退时，他特意去医务室给她买了一袋药。但他又不想自己去送，恰巧在医务室遇到了那个女孩儿，知道她们同班，他就托她帮自己把药捎了过去。

然而那袋药很快就被闻灵退了回来。

闻灵说："林惊野，你一直这样，真的挺没意思的。你根本管不了别人，先管好你自己行不行？"

林惊野知道，闻灵用这样强烈抵触的态度对待他只是因为不想麻烦他，然而儿时久远的回忆涌上来，他的心里越发不痛快。

晚自习上，林惊野胸口闷，决定等自习课结束去找闻灵聊一聊。

可自习结束后，闻灵迟迟不肯下楼来见他，他无意间撞到一个女孩儿，注意到她是陈寂，于是让她帮他喊一下闻灵。

那天她大概心情不好，看起来蔫巴巴的，没答应他。

也许是因为天气太冷，他胸口的闷痛开始加重，越来越觉得喘不过气。他微微俯身捂住了胸口，抬眼就看到已经离开的女孩儿焦急地跑了回来，帮他从衣服口袋里把药找出来给他吃。

她反应很快，动作麻利、熟练，的确是当医生的料，他想。

时间一晃而过，转眼便到了高二下学期。

期中考试前的春季运动会上，闻灵在跑接力赛时摔了一跤，他匆忙跑过去查看她的伤势，好在没什么大碍。那天中午，他在超市买水，却发现卡里没钱了，注意到陈寂刚好站在超市门口，于是喊了她的名字，想让她帮自己垫付，结果她没有帮他付。

他这才渐渐察觉到，好像是在闻灵转来之后，陈寂就一直在刻意回避他，对他的态度也疏远了许多。

他听见有人说，她对闻灵有敌意，因为生物老师把原本属于她的课代表职务给了闻灵。他还听见有人说，她对闻灵有敌意，是因为他和闻灵走得近，而她很在意这件事。

他无奈地笑了。

难道她躲着自己的原因，真的只是为了避嫌？

他有点儿不太相信。

直到有一天，赵雅淑叫他去高一年级办公室取数学竞赛成绩单，他站在办公室门口，目睹了陈寂和她奶奶之间发生的争吵。

她眼圈通红，和她的奶奶说以后不会再和他接触，情绪格外激烈，大概是流言蜚语真的给她造成了困扰。

她还说，她知道他有病，一个连自己都照顾不了的人，她怎么可能会有什么想法。

他闻言眼睫毛颤抖了几下，眼前不受控制地浮现出了小时候闻清为了帮他而被棍子打伤的那一幕，又不受控制地浮现出了几天前，姥姥因为他非要日夜守在医院而动怒，厉声质问他，一个连自己都照顾不了的人，有什么资格非要来照顾她的情景。

他心里一直明白，浑身棱角的林惊野并非无所不能，相反地，在人生某些至关重要的时刻，没有人比他更无力。

那天下午，在去往集训基地的大巴车上，他跟在她的身后，最后才上车。虽然最后剩下的一个座位是坏的，他也还是忍着胸口的闷痛和晕车的难受，主动坐在了那个坏掉的座位上，把前排好的座位留给了她。

毕竟他是个男生，他想。

虽然自己之前说坐车只坐前排，被向聪嘲笑是娇气包，但是他不可能让一个穿着校服短裙的女孩儿坐在一个椅面向下倾斜的座位上。

姥姥住院一周多，他本来打算等参加完集训就回去看望她，然而集训前一天晚上，他却突然接到医院护士打来的电话，收到了姥姥离世的消息。

心口猛烈一阵剧痛，手机啪嗒一声掉落在了地上。心脏深处的痛瞬间蔓延开来，他突然一步都迈不动，痛得直接昏倒在了倾盆雨幕中。

醒来时，他才发现自己躺在医院的病床上。急诊室的医生说，是一个女孩儿打电话叫的救护车，救了他一命。

他说，他一定要好好感谢这个女孩儿。大姨让他放心休养，把感谢女孩儿的事交给她来办。

他住院住了很久，偶尔会有班里的同学和学弟学妹来看望他，但大部分时间是他的表弟陪在他身边。

高三开学后，他一边治病，一边准备保送的事情，几乎没怎么回过学校。

保送R大成功后，一起被保送的几个同学建了个QQ群，把他拉了进去。他每天没什么事做，就经常在群里发语音回答问题。有不少学弟学妹向他私聊提问过，其中让他印象最深的，是一个网名叫作“Spring（春天）”的学妹。

这个学妹偶尔会问他一些学习相关的问题，而且每逢节日一定会给他送上节日祝福，每次的祝福语都是清一色的祝他健康平安。

是实在想不出其他祝福语了吗？林惊野失笑，心里却感到温暖。

对于他这样一个疾病缠身、生命脆弱的人而言，这的确是最重要也最诚挚的祝福。

他大概永远会记得，曾经有一个女孩儿，在每一个大大小小的节日里都祝愿他健康和平安。

来到R大之后，他每天三点一线，专心上课，经常待在图书馆学习，为保研做准备。

他第一次遇见江雨柔，是在大一下学期。

一次上课前，教学楼的电梯非常拥挤，有一个女孩儿一只手拄着拐杖，另一只手抱着一摞书，在准备进电梯的时候，手里的书突然“哗啦”掉落在了地上。

眼看电梯门就要关上，江雨柔想帮女孩儿开门，却因为站得太远摸不到按钮，情急之下直接伸手挡住了马上要闭合的电梯门，手掌猛地被门夹了一下。她疼得紧紧皱起了眉，却还是忍痛努力挡住电梯门边缘，让那个女孩儿顺利走上电梯，又主动询问女孩儿需不需要她的帮忙。

隔天上午，他在保健班的体育课上再次遇到了她。他上不了体育课，只能通过上保健课来拿学分。江雨柔因为在暑假里爬树摔伤了腿，也报名了保健班。

“你爬树干什么？”林惊野问她。

“为了帮我弟取挂在上面的风筝。”江雨柔无奈地回答道。

“你弟怎么报答你的？”

“给我端茶送水一整个假期，并且每天说一句‘我姐是仙女’。”

林惊野笑了。

江雨柔问：“你呢？”

“先天性心脏病。”林惊野大方地承认。

江雨柔脸上的表情瞬间变了，柔和明媚的笑容收敛了许多，多了几分严肃认真，像是陷入了沉思。

“你这是干吗？”

“没干吗，就是突然有点儿崇拜你。”

“崇拜我有心脏病？”林惊野不解，开玩笑道。

江雨柔却立刻摇头：“我崇拜的，是你发自内心的阳光和乐观，和你有没有生病没有关系。”江雨柔直视他的眼睛，笑起来，“不得不承认，知道你生病之后，我好像更崇拜你了。”

期末考试前夕，一个刚结束晚自习的夜里，江雨柔向他表白了。林惊野本能地拒绝了，江雨柔立刻追问他拒绝自己的理由。

“你知道，我根本保护不了你。而且我现在不想谈恋爱。”

“所以你到底喜不喜欢我？”江雨柔固执地说，“林惊野，你看着我的眼睛说，说你一点儿都不喜欢我。”

“嗯。”林惊野望向她的眼睛，“我一点儿都不喜欢你。”

话刚说完，他就看见她哭了。

天色幽暗，她转头就跑，不小心和骑车路过的人撞上，被撞得摔倒在地，却努力爬起来，一瘸一拐地继续往前跑。

他心里突然有些发堵，心情烦躁，心脏一阵闷痛难受。

从那之后，他和江雨柔很久没有再联系过。

期末考试结束那晚，他去校外买东西，无意间撞见醉酒的江雨柔正孤单一人蹲在学校西门的大门口，把头埋在膝盖里发呆。突然，一个陌生男人走到她面前搭讪，扯着她的胳膊把她往自己身上拖，她竟然毫无察觉地任由对方摆弄。

林惊野一下恼火得不行，几步冲了上去，狠狠地给了那个男人一拳，把江雨柔护在了自己身后。

男人狼狈地离开后，江雨柔因为腿软走不动路，林惊野便蹲下背她回宿舍。她软绵绵地趴在他的背上，忽然伸手轻轻地摸了摸他的头。

林惊野脚步一顿。

她慢吞吞地说：“刚刚，你保护我了。”她趴在他的耳边，语气极为认真地重复道，“你保护我了，你是可以保护我的。”

“你拒绝我的理由，现在失效了一个，还剩下一个——”她脸颊酡红，双手搂着他的脖子，掰着手指头数数，一字一句地问他，“你到底什么时候想谈恋爱啊？你都读大学了，可以谈恋爱了，真的可以谈了……”

“好。”林惊野垂眸笑了笑，转头对她说，“我们现在开始谈恋爱吧。”

于是，他和江雨柔正式谈起了恋爱。

大一下学期的暑假，他跟随导师一起去家乡市郊参加社会实践活动。

导师为了救一个落水的孩子而遇难，最终抢救无效离世。

他因此情绪激动，心脏病突发倒在了水边，幸好江雨柔及时赶到，拨打了急救中心的电话，将他送去了医院。

他在急救室抢救了一周，她也在急救室外不眠不休地守了他一周。

一个从小就生活得开心幸福、无忧无虑的女孩儿，竟然为他承受了这么多伤痛，林惊野心中不忍，却也感动于她性格中的勇敢与坚韧。

大学毕业后，他们一起留在了R大读研。研究生毕业后，江雨柔考上了N市的公务员，他则继续留在学校读博，计划博士毕业后去N市工作。

这一年，他和江雨柔二十五岁。

同年，他们领证结婚了。

婚后的一段时间里，因为熬夜做课题赶毕业论文，他的心脏开始越发不舒服。江雨柔陪他去医院复查，医生说他的心脏还需要进一步手术，建议他去三院找新来的主任医师看一看片子。

江雨柔需要出差一趟，所以林惊野独自去了三院。

他因为号挂得晚，直到中午才排到他看诊。走进诊室时，他发现医生没在，只有一个实习女生正在办公桌前低头啃面包。

他知道胃疼的滋味有多不好受，心里感慨各行各业的工作都不容易，于是主动对她说自己不着急，提醒她可以先去吃个饭。她却突然起身，情绪尤为不对劲儿，埋着头，抽了张餐巾纸，就匆忙推门跑了出去。

大概是她在生活中遇到了什么事，所以难受了吧，他想。

这天下午，在医院附近的便利店里，他再次遇见了这个实习女生。见她买咖啡扫不上码，他就和她打了个招呼，帮她付了钱，并随口问她自己手术成功的概率大不大，她很认真地回答了他的问题。

临走时，她突然喊了他的名字跟他说“再见”，他虽然觉得有些奇怪，但听到她轻快的声音，还是笑着回了一句“再见”。

后来，他的手术进行得格外顺利。主治医生对他说，自己的女学生帮了很大的忙。

他和她只有两面之缘，对她的印象并不清晰。他没见过她摘下口罩的样子，却记住了她一双清澈水润的让他莫名觉得有些熟悉的眼睛。

他能感觉到，她应该是一个性格温和，工作态度严谨认真，很执着、有韧劲的女孩儿。

他邀请了主治医生来参加他的婚礼，顺便也邀请了她。

但婚礼那天，她没有来，只有主治医生如约而至，并给他带来了一份新婚礼物，是一套诗集——纪伯伦的《沙与沫》。

主治医生还给他带来了另一份礼物，说是她送的，是一枚书签，装在一个小巧精致的红色包装盒里。

“我这个学生还挺有意思的，以前在住院部实习，总喜欢给一些儿童患者写祈愿卡，骗他们说自己是和大师学过的，写的祈愿卡特别灵，能保佑他们平安。真不知道她是怎么想出来的。”主治医生笑着说道。

林惊野拿着装有书签的盒子的动作顿住，脑海中隐约浮现出了很久之前，高一下学期的那个暑假里，那个和他住在同一间病房的女孩儿的模样。

“您的学生，叫什么名字？”他问。

“陈寂。”医生说。

陈寂。

林惊野恍然想起了不久前的某天，在S大读博的哥儿们孙嘉淮给他发了条微信语音，用带着口音的家乡话问他：“我对象说有个叫‘程季’

的学妹想问你点儿事，你认识吗？”

他自然地想到S大的民乐团好像的确有一个叫程季的学妹，但他没怎么接触过。他又想起R大学生会也有一个名叫程季的干事，但他和这个干事只有过一面之缘，同样接触不多。

于是他给孙嘉淮回了条语音，问他：“哪个‘程季’？”

高中时代的记忆电流般断断续续地在他的脑海中闪现，因为时间太过久远，并不是很清晰连贯。但他隐约可以确定的是，这个给他打过电话的学妹，就是自己主治医生的女学生，也是当年和他一起同病房住院的女孩儿。

不是“程季”，而是“陈寂”。

“宝贝，今天收到的礼物，我都给收起来了啊？”婚礼当晚，江雨柔一边在客厅整理东西，一边对着卧室高声喊道。

“好。”林惊野转过头回答。

“这本诗集我就不收了，礼物里还有一枚书签，我把它夹在里面了。”江雨柔推开门走进去，把手里的一本诗集放在他的书桌上，“你放书架上吧，平时可以翻看。”

他坐在书桌前，关上了电脑，然后轻轻翻开了诗集，看到了夹在里面的那枚书签。

书签是金色的，长方形，上面镌刻着很简单的一句话——岁岁平安。

“这句诗什么意思啊？你给我讲讲呗！”江雨柔站在他身侧，好奇地指着书页上的一句话问。

林惊野顺着她手指的地方看去——“春天的花朵是天使们在早餐桌上所谈论的冬天的梦想。”

“很难有一个固定的解释，”他沉默了片刻，说，“每个人的人生经历和看问题的角度不一样，对诗句的理解就会不一样。”

“好像的确是这样。”江雨柔点头表示认同。

“不过我相信，每一个喜欢这句诗的人，都会给出一个属于自己的解释。”

林惊野想起女孩儿这些年的成长和改变，眼睫毛颤了颤，抬手把诗集缓缓合上。

书签上的“岁岁平安”，刚好和纸页上“春天的花”紧密贴合在一起。

他相信，无论是十五岁时把这句诗分享给她的林惊野，还是二十五岁时把这句诗回赠给他的陈寂，都已经给出了对于这句诗的属于自己的解答。

每一颗埋在冬天的种子都会生根发芽，开出最独特绚烂的花。

这是他们在对生命的苦难和成长的伤痛执着发问过后，共同得到的最好的解答。

番外二 彩虹

“你是R大的学生吧？”“撒拉花儿”饭店靠窗的座位上，老板娘一边给陈寂点单一边问。

“不是。”陈寂摇头笑笑，“我都工作好久了。”

“长得真年轻，看起来像学生。”老板娘说。

陈寂工作快两年了，每天的生活两点一线，周末喜欢宅着，出门逛街也只是去租的房子附近的几个商场，几乎没走出过海淀区。

西三环的夜和Y市的夜很不一样。

东北老城的夜喧哗热闹，飘香的夜市和烧烤摊遍布街边，市井烟火气尤为浓重。而西三环的夜流光溢彩，商场灯牌闪烁之下车水马龙，繁忙但有规律。

她时常会站在R大对面的天桥上俯瞰夜景，看到大学生情侣相互依偎着从学校大门口走出来，亲昵地彼此靠近对视，手牵手一起没入不远处巨幕影城的人群中。

林惊野本硕长达七年的生活，他和江雨柔相识相爱的七年，便是在这里像这样朝夕相对地度过的吗？

夜里凉风习习，拂过她的脸颊，她忽然想到了最近常听到的一句歌词——“我吹过你吹过的晚风。”

林惊野博士毕业后去了N市一所高校任教，讲授的其中一门课程是马克思主义原理。陈寂不禁回忆起了自己读本科时上这门课的情景。

阶梯教室里座位拥挤，空气沉闷，她感觉眼睛干涩，于是不再像坐在身边的室友们一样百无聊赖地低头玩手机，而是抬起头看向了黑板，端正坐姿，打算认真听课。

讲台上的老教授正在讲授中国史，语气低缓平和，引人昏昏欲睡。周围的几个同学都懒洋洋地趴在桌子上，唯有她身板挺直，看上去有些显眼。

“你干吗呢，小寂？”程思芮笑她，“是手机不好玩吗？”

“这节课又不画重点，听得这么认真干吗？”

“手机没什么好玩的了。”陈寂回答道。

“那你看会儿微博。”程思芮提议道。

陈寂垂下眼睛，随手点进微博，不自觉地点开了经常访问里第一个联系人的头像。微博页面立刻出现了一条最新的微博，发布时间是刚刚。

L：“解锁马原课新教室。”

“喜欢上马原课吗，野哥？”评论区里一个男生问道。

L：“我最喜欢的课。”

“你是变态吗？”男生问。

L：“滚！”

“你看什么搞笑微博呢？笑得这么开心。”程思芮好奇地问她。

“没什么。”陈寂连忙摇头，按熄了手机屏幕，嘴角却仍是微微扬着的，“不玩手机了，我听课了。”

本硕七年，她的公共课成绩一直保持在95分以上。每次评国家奖学金的时候，专业课和综合素质测评成绩经常拉不开太大的差距，能拉开差距让她顺利拿奖的，反而是她次次将近满分的政治成绩。

忽然，饭店的玻璃门被推动，门口悬挂的风铃发出清脆悦耳的响声。

“又来了个R大的学生。”老板娘瞟了眼从门外走进来的人说。

陈寂无奈地笑了，老板娘到底还是把她当成了R大的学生。她转头望过去，发现推门进来的人有点儿眼熟，很像她在市实验中学的一个学姐，林絮。

林絮不认识她，可她认识林絮。

让陈寂印象最深的一次，是高一上学期她去图书馆的照相室拍学籍照片，在排队时，她听见站在不远处的林絮学姐很认真地问身边的纪九梅学姐：“你说拍学籍照到底要不要笑啊。”

“不要笑吧。拍学籍照这么正式的事，大家不都得严肃点儿。”纪九梅学姐回答道，却在抬眼间看到了什么，表情变了，耸耸肩无奈地道，“当然，每天都嬉皮笑脸的某人是个例外。”

陈寂和林絮学姐一起顺着纪九梅学姐的视线看了过去，一眼就看见了一个正坐在相机镜头前笑得灿烂洋溢的少年。

陈寂认得他，他是和林絮学姐同年级的叶风学长。

陈寂把视线转回去，就看到纪九梅学姐脸上写满了嫌弃，而林絮学姐却忽然垂下头，眉眼含笑。

很快轮到林絮学姐拍照，陈寂看到她在摄影师喊出“三、二、一”时，目光温柔地望向镜头，轻轻地扬起了嘴角。

很小的一件事，却让她记了很久，也让她对这个学姐印象深刻。

后来陈寂对林絮更多的印象，大概是她写的频繁被学校印发的字迹尤为工整秀气的作文。而她对叶风更多的印象，是他在演讲时读稿子总爱读错字，还会因此把自己逗笑，或者在大课间放广播时，违背校领导的要求，偷偷给大家放许嵩的歌听。

一个沉静细腻，一个冒失莽撞，看似像水火一样无法相融，却偏偏让陈寂觉得他们之间有些像。

“你们俩认识吗？”老板娘问。

“我见过你。”林絮笑起来，眼睛弯弯的，“你是市实验中学的学妹，名字叫陈寂，我没记错吧？”

“嗯，学姐好。”陈寂礼貌地打招呼。

她和林絮坐在了同一桌吃饭。

“你在B市上班？”林絮问她。

“嗯，在三院工作。学姐，你呢？”陈寂问。

“我在附近读研。”林絮说，“这家新疆菜很好吃，我读本科的时候，学生会部门聚餐总来这家店，所以老板娘已经认识我了。当时我们部长和哲学院学生会的会长是一对，他俩特别喜欢这里，总是约在同一个时间来这儿聚餐。”

在听到“哲学院”这三个字时，陈寂端起杯子默默喝了口水。

“我本科的时候还选修过一门哲学院的课。”林絮笑着说，“当时对一个男生印象特别深。他也是咱们高中的，你肯定听说过他，他叫林惊野。”

陈寂闻言心跳漏了一拍，喝水的动作停顿了很久。

“嗯……他很有名。”沉默了许久，陈寂脸上挂着笑容，说出了这样一句话。

“有名，也有意思。”林絮笑着说，“有一次临时调课，提前轮到他做课堂展示，他根本没准备，老师说他可以下节课再讲，他说不用。然后，他什么都没拿就上了讲台，给大家讲诗。”

陈寂抬起头，笑了。

“当时我室友说，林惊野颠覆了她对文科男生的认知，于是下课之后就去网上搜他，还把咱们高中当时的热门帖子翻出来了。”

“近五年人气‘校草’排行榜吗？”陈寂笑着随口问。

林絮却忽然顿了顿，许久后才应了一声：“嗯。”

陈寂怕林絮察觉到自己在谈及林惊野时的不自然，尝试转换了话题：“我记得叶风学长一直是‘校草’榜的榜一。高三那年，我们班一个同学想报 H 大，加了叶风学长的 QQ 和他聊天，还跟他提起过这个榜单，结果他竟然完全不知道。”

陈寂看到林絮垂下了眼睛，浓密的睫毛轻轻扑闪，嘴角轻轻扬起。

“我同学问他，学长，你知道你一直是咱们高中‘校草’榜的榜一吗？他一脸蒙，回过神后兴冲冲地问我同学，这个榜是根据什么排的，考试成绩占多大比重，他是不是里面成绩最好的。”陈寂笑着说，“我同学后来向我们吐槽说，这是‘校草’排行榜又不是学年大榜，真不知道他是怎么想的。”

林絮没忍住笑了：“他确实一直是这样，脑回路和咱们不太一样。”

“学姐，你和叶风学长是朋友吗？”陈寂问她。

“不是。”林絮摇头，而后低声重复道，“我和他……不是朋友。”

吃完饭后，陈寂加了林絮的联系方式。然后，她看到了林絮的微信个性签名，出自《不老梦》的歌词——

“爱若执炬迎风。”

“师姐，你上R大表白墙了！”三院住院部的办公室里，新来的实习生学妹举着手机对陈寂兴奋地说道。

“啊？”陈寂一愣，接过她递给自己的手机，垂头看了眼屏幕。

“墙，求靠窗座位白裙子小姐姐的联系方式！听老板娘说小姐姐是咱们学校的！”

陈寂失笑，随手点了下表白墙公众号的微信头像，一眼就看到一个名为“无主情话”的专栏，下意识地点了进去。

这个专栏很久没更新了，最后一条帖子的发布时间已经是几年前。而这个专栏的负责人，是林絮学姐。

最后一条帖子的内容是两个文案和两张图。第一张图是R大傍晚时分对面商城上一群飞翔的白鸽，文案“好美的日落，真希望你也能看到”。第二张图是一辆闪烁着车次灯牌的公交车，文案“原来，你看到了”。

下方的评论区里点赞最多的一条评论：“呜呜呜，被虐到了！你看到了日落，却没看到我。”

陈寂的思绪有些乱，她的脑海中忽然浮现出高三那年的某天，前桌的两个女生指着手机屏幕上的微博页面兴奋地聊天的情景。

“叶风去B大找叶潇了！终于能看到他们姐弟俩同框了，也太不容易了！”

“他拍照技术可以啊！这日落拍得太好看了吧！”

陈寂抬起头，前桌女生手机微博页面上的一行字和一张图片映入了她的眼帘。

叶风Farid(法里德)：“公交上看到的日落，火速抓拍，太好看了！”

陈寂的思绪倒回林絮拍学籍照片时温柔恬静的笑容，倒回餐厅里她谈及叶风时不太自然的表情，又倒回她微信个性签名的那一句“爱若执炬迎风”，恍然间，她反应过来——

她无意间将这个学姐的秘密撞破，也撞得她自己满心酸涩。

她忽然想起了《不老梦》里的另一句歌词——“于万人中万幸得以相逢。”

于万人中万幸得以相逢。可多少相遇能有始有终？

转眼间半个月过去，某天，她正在办公室值夜班，同事过来找她聊天，边聊边抱着手机窝在椅子上看短视频。

“林大师这颜值和学历真的绝了，只可惜‘英年早婚’。”同事的语气带着遗憾，但也不忘跟陈寂一起分享，“小寂宝贝，给你看看我的新男神！”

陈寂知道同事口中的“新男神”，是因为授课精彩、气质出挑而走红网络的N大哲学院讲师林惊野。她的目光落在同事递来的手机屏幕上，很久没有移开。沉淀太久的心事如倾覆的雨水般浇灌进心底，不论时隔多久，依旧会在她的心湖上泛起一阵涟漪。

屏幕上突然亮起一个电话联系人的名字，陈寂忙把手机还给了同事。同事接过手机，和对方简单说了几句之后，便挂断了电话。

“是我表哥，说是马上要调来咱们医院工作了。”同事对她说道，

“他博士刚毕业不久，研究的也是你这个方向，到时候你俩可以互相切磋一下。”

说到这儿，同事略皱起了眉：“不过我得提前给你打个预防针，让你有个心理准备。他这个人吧，虽然专业能力毋庸置疑，但在生活中，性格实在是有点儿……烦人！”

顾知言调来的第一天，就被安排和陈寂在同一间办公室办公。

陈寂发现，原本单调冷清的办公室，仅仅因为他的出现，就突然变得热闹起来。

顾知言很喜欢点外卖，每次总是点太多吃不下，一定要分给她吃。陈寂虽然多次表示自己也吃不下，还是持续不断地被强行“投喂”。

顾知言住得离她很近，每天都主动提出要开车载她回家。每当她还没完成工作让他先走时，他都以自己一个人开车无聊为理由拒绝，然后在等她的过程中顺便点一份外卖，又顺便分给她吃。

陈寂不明白顾知言为什么这么喜欢黏着她，好奇询问后得到的答案是，东北人天生“自来熟”，更何况他们都是辽宁人，是老乡，老乡见面，难免让他倍感亲切。

“你那些祈愿卡是怎么做的？教教我呗！我给我那几个患者也一人写一个。”某天在办公室里，他突然对陈寂说。

“挺简单的。”陈寂随手拉开办公桌的抽屉，拿出一本红色的便笺和一支黑色中性笔递给他，“你直接写在这张便笺上就行了。”

顾知言接过她手里的东西认真打量，值班护士的声音突然从门外传了进来。

“陈姐，301 二床的孩子吵着要找你！你快去看看！”

陈寂闻言，起身匆匆赶到301病房，看到二床的小男孩儿正坐在病床上，双手捂着眼睛号啕大哭。

“怎么了？”她焦急地问。

“姐姐……我把你写的祈愿卡弄丢了，对不起……”

陈寂笑了，抬手去揉他的头，轻声安慰他：“没关系，姐姐重新给你写一个，现在就写。”

陈寂很快回到了办公室里，发现顾知言不知道什么时候出去了。她拉开抽屉找便笺和笔，一张写着祝福语的小小祈愿卡却蓦然闯入了她的视线。

“祝——温柔美丽的陈医生平安顺遂，遇难成祥。第一次写祈愿卡的小顾保佑你。”

“我的字练得怎么样？是不是不太像‘鬼画符’了？”这时，顾知言从门口走了进来，眨着眼睛凑到她身边问。

“是。”陈寂被逗笑了，低垂的睫毛轻轻眨了眨。想起他非常标准的“医生专用”的潦草字迹，她眼底笑意绽开，抬头看向他说，“谢谢小顾医生。”

“不客气。”顾知言得意地抬了抬下巴，然后说道，“我刚才写祈愿卡的时候突然发现，你写了这么多张卡，居然从来没想过给自己也写一张。”他摇头感叹，“我们陈医生啊，绝对是无私奉献的代言人，中国好医生！”

陈寂笑了，正想把他给自己写的祈愿卡揣进外套口袋里，突然看见一只宽大的手掌伸到了她的眼前，紧接着手掌轻轻张开，一堆五颜六色的糖果便映入眼帘。

“给，一起揣兜里。”顾知言笑眯眯地说。

陈寂怔了怔，眼里盈着笑意抬头问他：“你从哪儿弄的？”

“拿祈愿卡和小孩儿换的。”

“你留着吃吧，我有糖。”陈寂说。

“不用骗我，谁不知道你的那些糖全被你送人了。”顾知言态度坚决，“快伸手！”

陈寂无奈，只好把握着祈愿卡的手掌缓缓摊开。顾知言立刻把手里的七彩糖果倒进她的掌心，又伸手将她的五指收紧并拢。看着她圆鼓鼓的手心，他心满意足地笑了起来。

陈寂安静地注视着他的一系列动作，心口忽然有些发烫，她不自觉地弯起了眉眼，轻轻抿了抿唇。

“好像还没和你说过，我本科也是医科大心内专业的，也是刘老师的学生。”顾知言对她说，“我可是你亲师兄。”

陈寂不禁有些惊讶地“啊”了一声，然后马上礼貌地问好：“师兄好！”这会儿，她的模样十分乖巧。

“师妹也好。”顾知言笑了，紧接着说，“其实我很早就见过你了，研二那年，我回学校跟导师做了一段时间的课题，当时是我第一次见你。是在一个雪天，我刚好看见你和你前男友分手。”

陈寂一愣，立刻解释：“他不是我前男友，那天也不是分手。”

“反正我当时就觉得，你特别酷！”顾知言看着她说道，“后来我又看见你在学校对面的便利店兼职，有个跛脚的奶奶买了个六元钱的三明治，在手提袋里掏了半天，却只掏出了皱皱巴巴的两元钱递给你。但你什么都没说，收了钱就让她走了，后来自己帮她扫了码。”

陈寂沉默地听着，只觉得有些恍惚，不过是陈年的寻常事，竟有人看在眼里，记在了心上。

“陈寂，我喜欢你。”顾知言收起平日吊儿郎当的做派，盯着她的眼睛认真地说，“很喜欢，也喜欢很久了。”

陈寂呼吸一滞，有些发蒙。

“因为喜欢你，我才特意申请调来这里工作。

“也是因为喜欢你，我才故意每天点那么多外卖，因为担心你不肯好好吃饭。

“还是因为喜欢你，我才故意重新租了房子，只是为了能每天送你回家。

“所以现在，我想问一下陈医生，可以给我一个机会追求你吗？”

陈寂神思茫然，没能及时给出答案。

“爱”永远是她不够擅长的命题。

她不擅长爱，更不擅长被爱。爱人时，空有满腔孤勇却青涩笨拙；被爱时，无所适从，心里总是空落落的，像有什么东西悬着。

她一直都是这样。

让她没有想到的是，顾知言并没有执着于向她要一个答案。

他一次次锲而不舍地靠近她，缠着她，逗她笑，将她空落冷清的心一点儿一点儿填满、焐热。

不知从何时起，悄无声息之间，爱这个命题，于她而言，似乎开始变得不再那么艰难了。

“走，带你去个好地方！”

陈寂二十七岁生日这天，顾知言在下班载她回家时兴致勃勃地对她说道。

车子一路朝陌生的方向行驶，到了一所中学门口时，顾知言突然停下车，说自己在附近的甜品店给她预订了蛋糕，让她在车里等他把蛋糕取回来。

她点头说“好”，在等待他时随意扭头望向窗外，忽然注意到对面中学门口的树荫下，一个挺拔俊朗的男人手里正拎着一杯奶茶在等人。

“帅哥，你也接孩子放学？”一个阿姨凑到男人身边问。

“嗯，接孩子放学。”男人一愣，随即笑着说道。

阿姨上下打量了他一眼，眉开眼笑地感叹：“真看不出来，你的孩子都这么大了。你长得可真年轻！”

男人笑了笑，没有否认。

“你家孩子高几了？哪个班的？”阿姨接着问道。

“我家孩子……高一（1）班的。”男人说。

“巧了，我家孩子也是高一（1）班的！”阿姨话没说完突然顿住，望向校门口，然后迅速去碰男人的胳膊，提醒道：“快打个招呼！这是孩子们的语文老师！”

男人顺着阿姨的视线看过去，眼底突然荡开温柔的笑意。他没有说话，视线却始终停留在从门口走出来的女人身上，不曾离开过。

从校门口走出来的女人，是林絮学姐。

“林老师再见！江哥再见！”一个男生从林絮身侧匆匆跑出来，跑到阿姨的身边时，转过头对着林絮和男人喊道。

陈寂看见了阿姨望向男人时错愕与恍悟的表情，也看见了男人接过林絮的拎包，把手里的奶茶递给她时熟稔亲昵的动作。

“在看什么呢？”顾知言拎着蛋糕推门上了车，凑到她身边好奇地问道。

“没事，看到一个学姐。”陈寂笑了，转头问他，“咱们到底要去哪儿啊？”

“去看彩虹。”顾知言双手握住方向盘目视前方，神色得意地说道。

车子驶向市郊，在一家露天的影院餐厅前停了下来。餐厅很显然已经被顾知言包场了。陈寂跟着他走到屏幕前的椅子上刚坐下，荧幕上突然开始自动播放视频。

三院住院部的一间病房内，一群穿着病号服的小孩子争先恐后地涌向了镜头前。

“祝陈寂姐姐生日快乐！”

“陈寂姐姐生日快乐！每天都要超级开心，越来越漂亮！”

“陈寂姐姐，这是我给你写的祈愿卡！”

“还有我的！还有我的！”

“姐姐，这是你给我的糖！”一个男孩儿羞涩地摊开手掌，“我一颗都没舍得吃。”

“你不吃给我！”

“不给！你快还我！”

“你们俩别闹！忘了姐姐告诉过咱们不能随意打闹吗？快站好！”

几个小孩子迅速排成一排站好，对着屏幕齐声说：“祝我们最爱的陈寂姐姐，每一天都有糖吃！所有的愿望都能实现！做世界上最幸福的人！”

此时，陈寂的眼里早已盈满了泪光。

“最后，我们来展示一下知言哥哥送给你的生日礼物。”

视频中呈现的场景，是医院的病房里，窗外和暖的阳光透过棱镜射在雪白的墙壁上，映出了水晶般七彩炫目的光。

“生日快乐！”顾知言看向她，低声在她耳边说，“送你的彩虹。”

眼里泪水氤氲，晕开了眼妆，陈寂眼角泛红，转头看向站在身边的顾知言，抬手抹着眼泪破涕为笑。

春日的夜晚，莹润透亮的星空下，一道夺目耀眼的彩虹悬挂在天际。

成长永远不会只有失去。

和先下车的人挥手道别，然后继续自己未来的旅途，等待遇见新上车的人，也等待和不期而至的全新的美好相遇。

一定要相信——

即便再严寒冷冽的冬日，也终会迎来真正属于它的春天。

番外三
旧时日落

傍晚时分，浓稠暮色里泛着凉意，初春三月，天气却并不见回暖。

这是易南在意大利度过的不知第几个春天。

往后余生的漫漫岁月，他仍旧要停留在这里，渐渐行至人生的终点。

街道两旁的梧桐叶被霞光染成金色，欧洲城市中总能看见别有风味的日落。他双手插在风衣口袋里，走在去往工作室的路上，忽然想起一个他许久没再见过的女孩儿。

她最喜欢看日落。

高三那年，他们曾经并肩站在教学楼顶层的天台上，一起仰头看过很多次日落。

她叫陈寂，是一个性格温和恬静，长得很漂亮的女孩儿。

她很漂亮。

高一开学第一眼见到她时，他就这么觉得。

他自诩在艺术方面有些许天赋，对自己的审美能力更是有着天生的自信。

他不明白为什么班里的很多男生会说她长得不好看。

皎月不加修饰，偶尔被暗淡的云翳遮蔽，可也一样是皎月。

浅薄的人辨不清皎月。

第一次做课间操的时候，体育老师要求男女两人组合跳交谊舞，周围几个男生把他推搡到了她的面前，让他和她一起跳。

他害羞又不善言辞，小心翼翼地对她说："以后就我们俩一组吧。"

她待人礼貌，总是温和地笑着，笑容澄净，仿若淡淡水墨泼洒在纸面，让他的内心格外轻松和宁静。

和她相处时，他不会那么容易紧张，总能感受到难得的心安。

后来的某一天中午，他在食堂遇见了她。

中午的食堂，人潮拥挤，座位紧张，她端着餐盘坐在了他的对面。

旁边的男生碰洒了他的饮料杯，故意找他的麻烦，他立刻起身道歉，对方却还是执意纠缠。她开口为他说话，却遭到了男生的嘲讽。他微微握紧了双拳，正想豁出去教训男生一顿，惊野哥却在此时突然出现，帮他们解了围。

后来，惊野哥坐在他旁边的座位上，和他们一起吃饭。

他向惊野哥道谢时，目光捕捉到她表情不太对劲儿，于是想引出个话题来缓解她的心情，便问她认不认识惊野哥。

还没等到她回答，他就听见惊野哥抢先说，他们认识。

之后，他去超市替惊野哥买水，在超市窗口排队时，他不自觉回过头，看到她正用纸巾捂着眼睛哭。紧接着，他看到惊野哥闭上眼睛对她说：“我不看你。”在睁开眼睛后，惊野哥又凑过去笑着问她，“好没好啊？”

她不再哭了，用纸巾捂着脸破涕为笑。

不知道为什么，他的心里忽然有些不是滋味。

好像，和惊野哥这样的男生相比，他真的既弱小又糟糕。

没有保护别人的能力，也没有逗别人开心的能力。

好像，什么能力都没有。

高三开学初，他下定决心想要报考绘画专业，开始准备艺考。十八年的人生里，这是他第一次擅自为自己的人生做出一个重要的决定。

这个决定和她有关。

初入高三，学业压力大，他的成绩排名起伏不定，屡屡遭到父母的责骂，于是，他常常靠在课间画画来调节心情。

偶尔他会对着画完的画出神发呆，心想，要是考试也像画画一样容易就好了。

落日的余晖晕染在洁白的演算纸上，他笔下纯黑的素描静物仿佛会发光。

会发光吗？

不只是这些静物，还有他自己。

“就他这样一天都没专业学过的，还想考上中央美术学院？”

“你觉得他画得好吗？我觉得很一般，还没我画得好呢！”

…………

茫然思索间，他再次听到了那些深深刺痛他的声音。他无奈地叹息，随手将画好的画在演算本上撕下来，想把它们塞进书桌内侧悬挂的垃圾袋里，却突然被人伸手拦住。

“扔在我的袋子里吧。”少女淡淡地笑了，指着他的垃圾袋说，“你的袋子都满了。”

“好。”他和她道谢，看她把他的画塞进了她新换的垃圾袋里。

他怎么都没有想到，自己的那幅画会出现在校刊杂志的封面上。

署名为“易南”的画就这样在校园里流传，又频繁被其他学校的学生们讨论和称赞，引起了不小的轰动。

“你不是说帮我扔……”易南疑惑地问她，而面对她那双清澈含笑的眼睛，话说了一半就顿住了。

“其实我没把它扔掉，因为我觉得你画得很好。

“上次我去交校刊的征文稿，刚好遇到美术编辑老师在设计封面，她问我认不认识有绘画天赋的同学。

“我一冲动，就把那幅画拿给她看了。

“我就是有点儿想帮你试一试。

“不是有点儿想，是很想。

“所以自作主张了。对不起。”

她不好意思地小声说着，笑容依旧温暖明净，在他的心上烙下了滚烫的印记。

“别说对不起。”他静静地注视着她说，“谢谢你。”

高中毕业那天，他偷偷带了相机，鼓起勇气对她说："要不我给你拍张照吧。"

她点头说好。

那天他欲言又止，忽然很想告诉她，他并不愿意听从父母的安排出国去学画，他还是更想考中央美术学院。他想和她一起去 B 市。

可他刚对她说完他的父母想让他出国，就听见她笑着说，真好。

后来她去帮其他同学搬书时，搭在椅背上的校服外套突然滑落了下去，他弯腰帮她捡起，无意间看到了从她校服口袋里掉出来的一张祈愿卡和一颗糖。

红色的祈愿卡上写着一行娟秀的黑色行楷："陈寂平安顺遂，遇难成祥。林大师保佑你。"

和祈愿卡放在一起的这颗糖，是一颗草莓牛奶味的"阿尔卑斯"糖。

他指尖蜷了蜷，脑海中不由自主地浮现出女孩儿一次次下意识伸出手指去摸校服外套口袋的模样。他愣怔了许久，最终扬起嘴角，苦涩地笑了笑。

他就这样一不小心撞破了她深埋于心而不曾言说的秘密。

他怎么就没能想到呢？她是他前方的月亮，可她的前方也有月亮。

"给你的礼物。"下午的自习课上，她送给他一支画笔作为毕业礼物。

"谢谢。对不起，忘了给你准备礼物。"他接过画笔，睫毛微微颤了颤，藏起了自己为她写的祈愿卡，尴尬地笑了笑。

"没关系，你送给我照片了。"她眼里笑意盈盈，轻轻地挥了挥手里那张他帮她拍下的照片。

“我喜欢这个礼物。”她垂下眼睛，目光落到照片上，放慢语调小声重复道，“很喜欢很喜欢。”

易南望着她，笑了，眼睛有点儿发酸，酸涩一路蔓延到了心底。

大学期间，他在国外谈了场恋爱，但谈了几个月就分手了。

理想主义者好像天生对恋人有着更多更高的要求。

然而再多再高的要求，只要碰到一个“懂”字，便一定会被尽数推翻。

说到底，他们之间走不下去的原因，还是前女友不够懂他。

她喜欢他，却不够懂他。

而曾经的那个女孩儿呢？

那个女孩儿，她一直都懂他，却并不喜欢他。

全家移民意大利的计划，是他的爸妈在送他出国读大学时便已经决定好的。

他同意了毕业后继续留在意大利，但提出了一个小小的要求，如果不被允许，他便不会妥协。

他说，他想回国办一次画展。

他刚下飞机便约了她见面，把见面地点定在了市实验中学。他和她一起在高中校园走了一遍，听她给他讲了一个故事，一个关于“冬天的花”的故事。

后来，他把画展的名字命名为《冬天的花》。

这座校园承载了她太多的想念和喜欢，也同样承载了他的美好回忆。

所以他决定用举办一场画展的方式来将这段青春回忆保留下来，作为礼物送给她，也送给他自己。

画展举办得很成功，引起了业内不小的关注，越来越多的人知道了这场名为《冬天的花》的画展。

可永远不会有人知道，他竭尽所能画出这些拾忆青春的画作，只是为了将它们送给他曾经很喜欢的那个女孩儿。

亲爱的女孩儿——

愿你能在自己的世界里过得快乐。

愿有人每天赠你花。

愿即便未来不会再见，你也能平安幸福地长大。

后记
从不后悔曾遇见

这本书是我写下的关于暗恋的第三个故事。

看过《暗恋这件难过的小事》后记的读者们应该都知道，我曾经用尽漫长的青春时光暗恋过一个人。

有读者问我：他究竟是一个怎样的人？

他是一个很特别的人。

很特别，无法被归类和复刻，有很多地方和别人不一样。

这些“不一样”镶嵌在平淡岁月的纹理之中，泛着细碎的光亮，铺展成了我生命中独一无二的青春印迹。

相信那个曾经在我们的青春故事里留下过浓墨重彩的一笔的少年，都会是我们的世界里独一无二的。

在这个故事中也一样。

荆棘缠绕的青春年岁里，一个因为不够幸运而孤寂自卑的少女，遇见了一个同样不够幸运却向阳而生的少年。

是他教会了她如何去治愈成长中的创伤。

是他带给了她勇气、希望和力量。

她学着他的样子，去直面生活中的不幸和苦难，把他当成自己的神明一样去信仰和喜欢。

我永远相信，这场相遇的意义非凡。

即便最终别离的结局难以幸免，她也依旧想循着他的人生轨迹，去描摹属于她自己的生命航线。

遇见已是上上签，是命运的一份赠礼，就像他曾经将那个女孩儿单调而苦涩的生命点亮，我相信，那个女孩儿也曾是他的生活里雀跃闪动过的一抹萤光。

而他们之间的结局如何，似乎早已无须再去深究和争辩。

我曾经在情绪低谷期给他打过一通电话。

从高中毕业到拨打这通电话之前，我们已经几年没有过任何交集或联系，也不曾相见过，哪怕匆匆一面。

这几年里，我独自在这场暗恋中挣扎、沉溺，他却一直迎着时光向前走，早已将我们之间的回忆遗忘。

在那通电话中，我借着询问问题的名义和他礼貌交谈，自始至终没有谈及半点儿关于自己心意的话题。

没有《暗恋这件难过的小事》中林絮醉酒后对叶风的剖白和道别，陈寂和林惊野的那通电话，才是我和他之间最后的结局。

晦涩隐忍的少女心事，悄无声息地暗自萌发生长，又悄无声息地凋零落败。

我问过自己，会感到遗憾吗？

缘分本就难测，遗憾与否似乎真的很难说。

可以肯定的是，我们在各自的人生里努力长大，没有辜负曾经的相遇。就像在市实验中学发生的故事里，每一个人最终都成长为一个很好的大人。

他们彼此之间的缘分不够多，却刚刚好，这就已经足够了。

并非每个人都能做到勇敢，并非每一朵花都能热烈地绽放在春天。

而冬日里顽强生长的花依旧夺目灿烂，灿烂到足够让我们坦然去接受遗憾。

每一朵花都将迎来真正属于她的春天。

每一个追逐月亮的你，都并不平凡、暗淡。

我站在岁月旅途的分岔路口，回望曾经那段沉寂无声的暗恋，向那个让我追逐想念了很多年的少年挥手道别。

《最后情诗》中有一句我很喜欢的歌词："有过纯净的时光闪闪，也算是成长没有无功而返。"

多幸运，成长没有无功而返。

所以从不后悔曾遇见。

孟栀晚